自然写作三部曲

弓形锯，
猫头鹰，
坚强的橡树

The Wood
The Life and Times of Cockshutt Wood

John Lewis-Stempel

〔英〕约翰·刘易斯–斯坦普尔 著

胡韵娇 译

北京联合出版公司
Beijing United Publishing Co.,Ltd.

各方赞誉

刘易斯－斯坦普尔与林地是如此心有灵犀，而有这样的人、这样的文字做伴，是件很惬意的事……他擅长描绘自然，总能在读者的心中刻画出一幅幅灵动的画面……无人能否认，他是我们这个时代最好的自然作家之一……这是一部有趣、通透、优美的作品。

罗比·米伦，《泰晤士报》（*The Times*）

这是一本记录大自然的书，也是一本耗时一整年的抒情日记……他对鸟类及其习性了如指掌。

海伦·布朗，《每日邮报》（*Daily Mail*）

这是一本妙趣横生的乡野读物，在刘易斯－斯坦普尔这座精巧的森林动物园里，我品读着他笔下的春秋冬夏。这无疑是一部伟大的作品——我获得了许多感悟与新知。

尼古拉斯·克莱恩，作家、BBC播音员

用生动翔实的语言描摹所观所感，佐以出其不意的俏皮话。

鲁思·帕维，《泰晤士报文学副刊》（*Times Literary Supplement*）

他无疑是同时代自然作家的典范。

《乡村生活》（*Country Life*）

他的散文完美无缺。

马克·诺弗勒，《明镜周刊》（*Der Spiegel*）

这是一本发自肺腑、令人回味无穷的年度日记……记录了作者对自然世界的观察——视觉、声音、气味——如此令人难忘。刘易斯－斯坦普尔的文字具有很高的识别度，轻快灵动，古雅如诗。

《卫报》（*Guardian*）

约翰·刘易斯－斯坦普尔是世界上最热门的自然作家。

《旁观者》（*Spectator*）

一旦走近刘易斯－斯坦普尔笔下的那片土地，一起去邂逅赫里福德郡的野花和动物，你会不由生出在那里度过一生的愿望。

《英国园艺画报》（*Gardens Illustrated*）

刘易斯－斯坦普尔是我们最高超的自然作家之一！

刘易斯－斯坦普尔对细节的观察和他句子中流露的诗意，使人想起已故的罗杰·迪肯，那位才华横溢的自然作家和导演。

你知道的，我从不是个旅行者。

我一直期待着，安定下来，

像一棵树，守一处，度一生。

——爱德华·托马斯

目 录

序

这是一个关于树林的故事，关于它们的自然生活和历史漫谈。

这片树林有些特殊，它是英格兰所有小树林的典范，永恒的典范。

这片山鹬林（Cockshutt[1] Wood），坐落于赫里福德郡西南部，面积约3.5英亩，属于落叶和针叶林混合林地。它毗邻一湾静谧的水塘，冬季的水塘里住着月亮。

我照料这片林子有四年了，从山毛榉的树根到橡树的树顶，我都很熟悉。我也认识生活在那里的动物朋友——狐狸、雉鸡、林姬鼠、灰林鸮——还有最美的蓝铃花丛。（极具英国特色的怪谈：蓝铃花竟长在树林里。）

---

1 英文Cockshutt，由"woodcock"（山鹬）和"shut"（鸟类栖息的树枝、树林）构成。（如无特殊说明，本书注释皆为译者注。）

　　我想这片林子的特别之处在于：对于许多动植物而言，这里是它们最后的避难所。因为这片树林是抵制人类迁徙和农业垦殖的自然堡垒。

　　当然，这片林子也是我的避难所；四季更迭，妙趣横生，偏居一隅，独享静谧。没有人会到树林里来找你，你可以安心地避开窥视的眼睛。在树林里，你也不过是垂直的黑影，或说一株人形的树干而已。

　　在林地中央，往往只听得见大自然的声音：春天的风中，一棵老橡树的树皮吱吱作响，啄木鸟敲击着树干，傍晚时分，一只獾在池边舔水喝。

　　其实我没说实话。有时会有家猪的嚎叫，还有锯子沙哑的声响。因为我用最好的也是最古老的方式照料着这片树林，让原始的牲畜在林中漫游，并不时修剪小树。

　　写书总需要一个理由，写一本关于树的书也许更需要。要砍伐多少棵树才能印出这书呢？我的借口——不，理由——是，树林不应该成为博物馆。布满一排排参天大树的林地，听上去宁静而庄严，但这个印象是现代化的、不真实的。只有在山鹬林，模糊的记忆才变得真实起来。和中世纪一样，这里的林子里饲养着奶牛和猪，木头可以用作燃料，可以建房子，长出的蘑菇还可以做早餐。

　　树林不同于森林。树林在野外，但不至于野性到令人胆寒。你尽可以在林中汲取灵性和想象力，但千万不能在树林里迷路。

　　我很了解这片山鹬林，了解这里的每一棵树。你可以拥有一片树林，而森林永远都是遥不可及的，因为太广袤了。正是在山鹬林中央，我探寻到了自然的奥秘，原来这片野生的小林，自古以来就造福着万物。

　　去年，我没有去度假，因为日日夜夜都和我的树林待在一起。这本书便是那年在山鹬林写下的日记。

December

12 月　林间漫步

01

漫步到山鹬林尽头——远离树林的生活——山鹬——雌狐嗥叫——木耳——冬季的腐朽橡木——"经济林"——灰林鸮"老布朗"——树林的名字有什么意义？——冬青树——在林间放牛——寒冷之歌——圣诞节圆木——"橡树之于英国人，如同野牛之于苏族人"

12月1日　步入林中

踏过台阶，沿着山鹬林西侧的一条小径。走过甜栗子林，眼前出现了高耸的山毛榉，我用指尖轻快掠过冰冷坚硬的树皮。左边是一片林间空地，我们之前砍去了荆棘和悬铃木，右边的茂林下是一处窄窄的幽谷，三月时，金凤花透着莹莹金黄，十一月萦绕的薄雾则会笼罩整片树林。还有一棵魁伟的悬铃木，鸟瞰着郁郁葱葱的林界线。

现在是下午3点左右；这群白嘴鸦正飞回圣沃纳德斯，队伍不像平时那样散乱，振翅的姿态无声而又坚定，像乌鸦的飞行路径一样笔直。

经过一株沉睡的桦树，树根处有一个兔子洞，洞口有硬化的兔粪。顺着小径走入幽谷，桤木柳絮犹如一抹淡紫色的雾霭。

幽谷深处散布着成熟的桦树，其中一株常年被常青藤包裹着；这是"一座"鸟类栖居的高层塔楼，是灰林鸮、旋木雀的家园，顶层的阁楼里还住着斑尾鸽。桦树林外，隐约可见草地上遗留的"马道"或是轨道，还有那些深入树林的石制牛厩，现在已经废弃了。废墟之外，是一片更大的桦树林。

我加快了脚步，来抵抗低垂的暮色。松鼠们窝在野樱桃丛中，显得那么萧瑟，那么幽暗。

冬日寂灭的天空映衬着光秃的树枝，像一行行经文，又像一张收拢的网。树木缓缓伸往天际。幽谷之中，躺着坠落的树干和树枝残骸。还有桤木那裸露的、鼠尾般的树根。

此刻，在树林中央，有一片狭长的水塘，环绕着一圈芦苇。山鹬脚有些跛，羽毛是灰色的；天空也是灰色的。它们排成V字形，掠过暗淡的水面；泽鸡留下的粼粼波纹，像是一盏盏闪着白光的尾灯。

这些泽鸡很讨人喜欢。每个池塘都少不了它们，这是一条铁律。水塘中央，是一座小岛，大约一亩半的样子，岛上有燕子和亚马逊鹦鹉，还有五棵桤树。暮色向晚，小岛透着隐隐光亮，像是一艘行进的驳船。

水塘西侧生长着白桦树；再远一些是榛树、桤树和阔叶柳，一直延伸着，延伸着。我有一条自己的万有引力定律：走得越快，负荷越轻。（如果艾萨克·牛顿少花些时间在苹果树下闲逛，他可能早发现了这点。）我肩上扛着一捆干草。

穿过一片云杉林，它们像一排整齐肃穆的挪威哨兵，浸染在暮色里，永远内敛而沉默，透露着苦涩。（对我们沿海国家的人来说，这片挪威云杉是一群不速之客，起因是20世纪70年代一项冒进的播种计划，云杉所种之处，花朵纷纷落难。）

冬日的阳光渐渐退去，雪白而耀眼，两旁的落叶松闪闪发光。

没有鸟儿唱歌。除了一棵幼株山毛榉，挂着皱巴巴的铜色叶子，倒是适合知更鸟驻足。整片树林里，这棵山毛榉是唯一衣衫尚存的树木。

12月，树木都真实而赤裸地伫立着，正是观察和测量的最佳时机。

知更鸟中断了歌唱，又重新开始，好像我的经过提醒了它要做什么。深入树林：凭着微弱的光线，沿着布满泥土的小径，穿梭在我最喜欢的树林里，那里有叉形的橡树和巨型加利福尼亚红杉（"嗨，大家伙"）。一个世纪前，在英格兰与威尔士的边境，是什么样的梦想和愿望，让一个农民在这里种下了一棵红杉？

天色暗下来了，弦月正要穿透西天的云层。我渐渐走进橡树林中，除了红杉，橡树是最为高大的树木。

树木在每个时节的特征都有所不同：春天，它们会注视你；初冬，孤寂空旷的天穹下，它们和石头一样毫无生命力。

今晚，这七棵橡树犹如失落文明的神殿石柱。

到了岔路口，我没有犹豫，一直向左，经过三簇花楸树。这三簇花楸是原始林木的遗迹，在公元前就存在了。威廉一世封王时，山鹬林就在这里了，后来罗马人占领赫里福德时，它依然在这里。

右边的岔路通向树林的狭道，穿过荆棘，能看到冬青树和阔叶柳；还有交错缠绕的金银花藤，让人觉得如果稍加拉扯就会拽倒整片树林。这里还能看见狐狸的巢穴。

我的旅程结束了。最后一片林间空地，四只被锯了角的红牛躺在一个破烂的圈里，它们的基因里仍然印刻着时刻提防剑齿虎的警觉，那是所有牛的噩梦。我把一捆干草扔在它们的金属食槽里。干草架后面是云杉和落叶松的林界线。

眼前这片就是山鹬林了：这一小片林子里主要有桦树、橡树和阔叶柳，是绵延于赫里福德郡西部的众多小树林之一。从上空俯视，它形如柳叶，叶尖指向北方。山鹬林周围有几处牧场和我的一小块玉米地，西侧是一片狭长的田地——不归我——种着一望无际的小麦和油菜，田地的尽头，可以眺望黑山（Black Mountains），时有飞袭的游隼。我把路虎车停在了车道上，从车道到山鹬林需要越过一个养猪的围场。

我回到了原路。现在天色已晚，但没关系。因为过去三年，我常走这条路，所以能在一片漆黑里认清方向。

来时已经有些晚了。我算不上一个真正的樵夫，山上的阿康伯里镇（Aconbury）上有座巴茨医院庄园，我的曾祖父曾是那里的"地方官"（一个非常古老的称谓），或是护林员。后来"一战"爆发，整个家族都搬离了此处。

我出生在农民家庭，这意味着儿时周围没有树林，只有威斯希德（Westhide）圆顶山上的小灌木丛。这些灌木丛和农田周围零星的树林一样，唯一的作用是为猎鸟提供掩护。过去我和玩伴们常一起踢开落叶堆，翻找用过的霰弹枪弹药筒，色彩像异域的鸟儿一样鲜艳（除了没人要的橙色伊雷弹药筒）。

在20世纪70年代的赫里福德郡，收集弹药筒可谓风靡一时。

回忆起童年的经历，关于林地的仅剩下些片段，犹如散落一地的树皮碎屑：

（1）依稀记得在阁楼里，有一份继母的教育学位论文，她从河岸边的落叶林采集来花蕾标本，再用透明胶带固定在纸上，和黑森林蛋糕和弹跳球玩具一样，都是20世纪70年代的标志。

（2）在河岸边的落叶林摘蓝铃花／在荒野果园摘野生水仙花。

（3）那里确实有一些树；鲁格瓦丁（Lugwardine）教区纽科特（New Court）的公园里种着格鲁吉亚橡树，就是在那儿，我学会了骑马；前院的草坪上有一棵梨树，树上有啄木鸟；我们有一座苹果园；我们还会收集七叶树果，果子表皮像柚木一样光滑，带着酸酸的酵母气味；七叶树果还有不少玩法，比如用醋泡或是用烤箱烤。但出于健康和安全的考虑，我要了一个小花招，特意把儿子送到一所学校，在那里，研究七叶树果是门必修课。

12月2日　背阴处的林地，整个上午都蒙着霜。

一个名字背后的意义是什么？有时候，研究名字的由来像是考古学。比如我笔下的山鹬林（Cockshutt），cock 源自一种叫 woodcock 的鸟。中世纪英语词汇 shutt 指的是锁扣或陷阱。之所以称这片林地为山鹬林，是因为几个世纪前这是人们捕获山鹬的地方。

在过去，山鹬很常见（因此在英国，以山鹬命名的树林无处不在）。有些山鹬仍然在埃瓦斯哈罗德公地（Ewyas Harold Common）上那些树林里筑巢。但此刻栖居在荆棘丛中的那四只山鹬是秋天才飞来的。

上帝创造出胖墩墩的山鹬时，异想天开的程度和拼凑出一只鸭嘴兽时无异。虽然山鹬只有一只手的大小，但脸上的喙犹如一把刻刀。

根据鸟类学专著记载，山鹬的棕白相间、带有斑点和条纹的羽毛是它们的"保护色"；称之为"魔法袍"或许更贴切。

同样高超的伪装能力，我们只能在麻鸦、蚁鸮和沙锥鸟身上看到。融雪时，山鹬的红褐色羽毛和林地的落叶巧妙地融为一体。

山鹬林也与周围环境完美地融合在一起。它寓于山毛榉林飘落的叶片，小径旁枯朽的树桩，夜色中的灰色光斑。

我之所以知道荆棘丛中有四只山鹬，只因为我看到它们在东风里瑟瑟发抖。晨光渐起，它们筋疲力尽，骤然跌落地面，那时我正在收集柴火，夹竹桃和柳兰的茎还蒙着晶霜，闪闪发光。

有必要说说英国的木柴：有的树液多，有的比较干燥，树屑会使燃烧更旺盛，火光呈现白色；白桦树燃烧的火焰强烈而赤红；松树颇为躁乱；苹果、樱桃和柳树透着香甜的气息；冬青的火焰明亮而发绿；橡木则是缓慢地、稳定地燃烧，像煤炭一样有些刺鼻。

英文习语"不择手段"（by hook or by crook）也始于中世纪，当时村民不能砍伐树木或灌木，只能使用枯木。通常，牧羊人会用曲柄杖（crook）或除草钩（hook）清理和拖拽那些倒下的树木和枯木。

中世纪时期，英格兰地区的人会因私运和破坏树木而受到惩罚，但当时的法律并不像罗马作家塔西佗记录的德意志旧法那般残酷——他曾写道，如果一个人胆敢剥去活树的树皮（即杀死树木），惩罚是挖出他的肚脐并钉在树上，然后拉动树干，直到他所有的肠子都缠绕在树干上。

1383年，有人在赫里福德郡的罗斯林地砍伐树木，主教约翰·吉尔伯特将那些人统统逐出了教会。

捡柴或砍柴能消耗热量，烧柴可以取暖。这也是良性循环嘛。

木柴是人类采用的第一种常规燃料。因此，每当弯腰拾起树枝、柳条和树丫来燃烧时，就像石器时代原始人的现代化模拟。人类用树木取火已经有五十万年历史了。

12月3日　落叶林和松树林的交界处，我坐在水塘边的白色塑料椅上；这里是山鹬林的中央，四周都是树木。此处目之所及的画面，将是我记忆中一幅永恒的延时摄影作品。

关于云杉林：从某个角度看，云杉林生长得如此茂密，犹如一堵密不透风的木墙。冷杉的气味各不相同；有时会弥漫在空气里，但像今天（寒冷又干燥），几乎闻不到。

我前面的池畔，是桦树，雪中的女王树。从没有人认为白桦是象征男子气概的。尽管桦树形态优雅，树皮却十分坚硬。它们是冰河时代之后在英国占地最广的树种。

霜桦与它的近亲白桦、垂枝桦都不同，它的根部没有粗糙的硬皮。

我们这片树林的形成过程。一万年前，冰层退缩时，英国光秃秃的苔原和欧洲大陆融为一体。随着气候的改善，树木生长的时机成熟了。首先是桦树，然后是桧树，柳树和苏格兰松树紧随其后，形成了林木大军的先遣队。

这时候，我眼角的余光注意到似乎有什么东西在动。一只雌狐。隐隐约约能看见她光洁的皮毛。就像快要被活活烧死一般。

她发出求偶的嘶叫，像是失去亲人般的哀嚎。

如果说我刚刚只是觉得有点冷，现在简直是冻坏了。她再次发出嚎叫，随后竖起耳朵去听同伴的回应。四周是荒芜的田野和茂密的树林，没有传来任何同伴的回应。我几乎走到了她面前，她才终于闻到我的气味，然后小跑着逃开了。一道光闪过她的脸，她跑得无影无踪。那簇火焰熄灭了。

虽然，在树林中，树木才是主角，但我仍要为这些配角
鼓掌。

12月5日 雾气渐渐洇入幽谷，谷底有一条涓涓细流，
连接林中的水塘。一只苍鹭穿过幽谷的云雾，犹如一艘古希
腊的三桨战船，停泊在水塘边。

柳树上一层层的檐状菌，像老旧的储物架，和泡沫板的
触感类似。林中的生灵质朴而静谧，或许它们会改变人类的
未来。檐状菌可能被用于制造下一代抗生素。

山鹬已经飞走了。

有时我会想，山鹬林是如此之小，更确切地说，只算是
一个小灌木丛。走在林道上，可以嗅到历史的气息，这些树
木如此坚固，彼此依靠。

最初，这里是一片原始树林。然后，石器时代的人来到
这里，他们是第一群在树干上打洞的人。树林为游牧的猎人

提供猎物、浆果、可食用根茎、叶子、种子、木柴，树林几乎覆盖了英国全部的陆地，包括山顶的土地。根据史前泥炭纪的花粉数量记录，公元前3000年，榆树数量突然下降，荨麻的数量相应增加。

新石器时代的农民已经开始砍伐野生木材了，他们首先会环剥树皮，再用石斧横向砍伐，就像他们处理鹿肉一样。随后，凯尔特人开始使用铁制工具来伐木。罗马人将英国的大部分低地开垦成了产粮区。然而在9世纪，英国仍保留着大片天然林。肯特郡和苏塞克斯威尔德地区的天然林延伸了120英里。善于农垦的盎格鲁–撒克逊人改变了植被，他们复原了大片田野、树林和教区，至今仍被保留。诺曼人征服英国后，开始建立我们现在熟知的开放式乡村。《末日审判书》[1]调查记录的土地中只有约15%是林地和牧场。据记载，迪恩森林是英格兰最后的天然野生林，在13世纪被砍伐。

从那时起我们就开始管理我们的木材了。小树林的木材使村庄和城市的壁炉变得温暖。[英语中"灌木林"（coppice）来自法国中的动词"砍"（couper），意味着人们砍掉地面上

1《末日审判书》（*Doomsday Book*）：其正式名称应是《土地赋税调查书》或《温彻斯特书》，是1086年英王威廉一世颁布的土地调查清册。

的树干，树木会不断再生。树木的生长周期因种类而异，榛树7到12年被砍伐一次，桦树每12至15年被砍伐一次，橡木大概是30年左右。"截梢林"则是指砍伐的高度大概是牲畜的视线高度。]这些树林为克伦威尔和乔治三世赢得大英帝国的战舰提供了原料。这些野生林地后来被废弃了，因为人类发展转向了工业革命，依靠燃烧煤炭来制造钢铁。

后来，经历两次世界大战、伐木抵付遗产税以及荷兰榆树病，遗留下来的树木所剩无几。

据说英国只有39种本土树种。山鹬林中的树有：橡木、榉木、阔叶柳、榛树、野樱桃、白桦树、桦树、落叶松、桤木、接骨木、榆树、花楸树、冬青。

山鹬林中也有"外来树"，例如云杉、加拿大红木、甜栗、悬铃木。

树木和灌木之间有什么区别呢？通常，灌木有许多"枝条"，树木则是单根树干。

12月6日　一切都笼罩着闷热的乳白色雾气，平静无风，似乎是春天的前奏。

山鹬林边，我把小猪从围场赶了出来，九只猪崽一同跑跑跳跳，进入幽谷。

它们一个月前刚刚出生，小精灵似的尖耳朵，明显的肋骨，撅子似的嘴。年幼的猪崽不怎么好看。随着年龄的增长，它们才变得可爱起来。

如果气候格外温暖湿润，一种锥形蘑菇就会在池塘附近大片生长，看上去像科幻片里的一座衰败城市。

夜幕降临之际：树林上方有寒鸦低吟。鸟群缩成一个球形，然后羽毛展开，成为一把女士折扇，随即又化身成一条长达一百英尺的中国龙，像是被一双看不见的手摇晃着。

树木其实是有耳朵的。最近的天气温和潮湿，我在幽谷间低垂的接骨木上看见了不少木耳，我从未见过如此大簇的黑木耳。英文中，木耳（Jew's ear）一词的由来和它外形神似人耳不无关系，此外，也和古老的宗教典故有关，即加略人犹大因贪图三十个银币而背叛了基督，在一棵接骨木上上吊自杀了。（木耳的拉丁名 *Auricularia auricula-judae* 原指"犹大之耳"，随着时间的推移，变成了"犹太人的耳朵"。）

英国当地人也称之为木耳或胶耳，后者的由来是因为木耳成熟时会呈现出饱满的凝胶质地。木耳虽然外形难看，但其优点之一就是不容易与任何有毒的真菌混淆。我带了一朵木耳回家，宽度足有5英寸，值得我发条推特炫耀一番。

　　下午3:30。红翼鸫落在池塘后的榛林里：鸟鸣声犹如瀑布潺潺。

　　下午4:30。满天彩霞犹如被火神点燃一般。金冠戴菊在桤木的小黑球果中啄食种子。另一群寒鸦亦在低语：约有两百只鸟组成一支小型乐队，加入了这场音乐会，仿佛在众多支流的汇合处又加入一条河流。河流转向时，寒鸦迸发出了最高音。树林的另一边：呼——呼……呼——呜——呜——呜——呜。夜间音乐：一只茶色猫头鹰的独奏。

　　猫头鹰有自己的幸福指数吗？我认为有。三年来，我们一直在照料这片树林。猫头鹰"老布朗"的妻子们在此孵出的蛋越来越多。头两年，先是两个、三个。而今年，四个蛋。

　　之所以孵化数量越来越多，是因为它们的食物得到了保证。我们除去了自然界的铁丝网——遍地可见的荆棘。之前"老布朗"在捕猎时根本无法穿透那些荆棘。

　　虽然我说是"我们"阻止了荆棘的肆意蔓延，但真正的"铲除工作"是由野生动物、牛、猪和羊的"铁齿"和"铁蹄"完成的。现在，超过三分之一的林地被落叶、残枝和草地覆盖。"老布朗"住在林地边缘，或需穿梭在不同的树林之间。他的大餐近在咫尺——这里有上百只地鼠和老鼠在他家四周仓皇奔走。

12月8日　头顶的乌云似乎笼罩了整片欧洲大陆，我猎得一只雉鸡（作为圣诞节午餐）。这是一只公雉鸡，就在他时常驻足的地方，池边角落的小灌木林中。今天，他砰的一声落下。我很遗憾这么快击中了他。有他在的田野和树林，平添了几分惬意。

此刻，他的侧脸透着一抹鲜红，似乎在提醒我，我是让他染血的元凶。

午后暖阳尚未退去，却渐渐低垂，毫无生气。

自罗马时代以来，雉鸡可能就生活在这里了。据帕拉狄乌斯[1]的文章记载，公元前350年就有饲养雉鸡的建议流传下来。1059年的《沃尔瑟姆修道院条例》（*Waltham Abbey*

---

1 Palladius，生活在公元4世纪。著有有关古罗马农业的论著《论农业》，共14卷。

Ordinance）明确记载了雉鸡存在的证据。并且雉鸡一直被猎人们作为禁猎物种。1816年1月18日，一个名叫约翰·艾伦的人和一群来自格洛斯特郡的人，在伯克利上校庄园即伯克利城堡进行了一次偷猎活动。伯克利上校的守卫托马斯·克拉克和其他九名守卫伏击了他们。当时有人开枪杀死了一名守卫（据称是偷猎者约翰·彭尼）。后来，这帮偷猎者于1816年4月3日被判以谋杀罪。约翰·艾伦和约翰·彭尼被判处死刑，其余的则被判流放。

在英国，人们每年饲养约2500万只雉鸡并全部放生。尽管雉鸡主要在山鹬林繁殖，但这只迷路在桤木林中的雉鸡未能逃脱猎枪，虽然山鹬林中的雉鸡更为密集。

12月9日　天空呈现出淤青般的紫红。我把干草扔到橡树林的牛圈，坐上路虎车，停在车道上，就在这时，天空中飘起了雪。

风雪凌冽而嘈杂，光线忽明忽暗。

我心想：站在初冬落雪的树林，看着雪片划过光秃秃的橡树枝，似乎回到了最初的荒蛮。

12月10日　虽然我的孩子欢喜若狂，但12月的雪并不常见。这里海拔高，所以我们偶尔会见到早雪。雪的到来使所有事物笼上了陈旧的气息，似乎人也跟着垂垂老矣，死气沉沉地望着落雪。

雪声掩住了其他响动。有如静谧的盛夏里单调的低鸣：蜜蜂的嗡嗡声，斑鸠的咕咕声，蚂蚱的吡吡声。独自站在黑漆漆的树林里，午后晶蓝的雪片落在我的脚边，我眺望远天。

一旁，一只孤独的旋木雀缘着桤木的树皮觅食，就像音乐会后看门人在礼堂席位下捡拾垃圾一样。

通常积雪消失得很快，除了树篱下，那里的雪会在残枝中存留几日。

雪夜林畔小驻

> 我想我认得这座森林，
> 林主的房子就在前村；
> 却看不见我在此歇马，
> 看他林中飘满的雪景。

我的小马一定很惊讶，

周围望不见什么人家，

竟在一年最暗的黄昏，

寒林和冰湖之间停下。

马儿摇响身上的串铃，

问我这地方该不该停。

此外只有轻风拂雪片，

再也听不见其他声音。

森林又暗又深真可羡，

但是我已经有约在先，

还要赶多少路才安眠，

还要赶多少路才安眠。

——罗伯特·弗罗斯特[1]

12月12日　黎明时分，仿佛是巫师施了魔法，满天惊心

---

1 Robert Frost（1874—1963），20世纪最受欢迎的美国诗人之一。他曾四次获得普利策奖及许多其他的荣誉，被称为"美国文学中的桂冠诗人"。这首《雪夜林畔小驻》是一首公认的现代英语诗歌杰作，引用自余光中译本。

的红彩。红隼落在电话线上。

家猪仍在酣睡。我去给猪圈中的母猪和九只小猪送早餐。这些叛逆的小猪倒是喜欢早起，趁着夜色，它们试图逃出栅栏。

我走进树林，难以探入更深处，但是小猪逐渐向我靠近。最后，我找到了这帮乱窜的调皮崽，然后赶回去吃我的早餐。回到家后，一位顾客打电话问："你的猪是自由放养的吗？"我答道："女士，它们不仅自由，还很狂野。"

下午，四处泥泞，薄雾弥漫。每次呼吸，便添一层白纱。一只松鼠吵吵嚷嚷，却不见踪影。池塘里，微小的雨滴拨弄起圈圈涟漪。除了褐色的树皮，林地里不见其他色彩。在这个凌冽的时节，丛生的荨麻和耸立的夹竹桃垂落满地，空留一片残败与落寞。

晚上7:25，我到达山鹬林附近的车道上，可以听到一只雄狐的嚎叫，声音颇有几分雄风——嗷，嗷，嗷。

12月14日　一只野兔被修剪过的桤木剐伤了，在树根上留下一道深深的红色血迹。

阳光下的挪威云杉色彩鲜艳，绿色的针叶，橙色的修长树果，看来我把它们照料得不错。

今天，我完成了一项持续了三年的工作——完成了林地中所有树种的地籍调查。除了树苗以外，这片林地一共有647棵树。

关于术语的说明：在现代英语中，森林（forest）和林地（woodland）可以互换使用，不过森林通常面积更大，例如新林（New Forest）、舍伍德森林（Sherwood Forest）。但在过去则不是这样的。

与法语中的"森林"（forêt）一样，英语单词forest源于中世纪的拉丁语 *foresta*，或更早的 *foras*，意为"在普通辖区之外"，受独立的"森林法"管辖的地区。森林法起初主要是为了保证王室的食物供应。森林包括大片没有树的土地，如农田，甚至整座城镇。

英语中已难寻"森林"的明确定义。森林或林地均可代指生长树木的土地，当然，森林的面积通常更大。林地的自然属性很明显，但"天然林地"的概念其实是一种误解。青铜器时代时，除了灌木林和伐木林外，人们已经开始在树林中饲养牲畜了。

西方人的记忆中，这些史实已鲜为人知，好在树木和花的名字记载了历史的故事。阔叶柳也被称作"山羊柳"，因为山羊很喜欢啃食它的叶片。

除了山羊，所有我们常见的牲畜，原本都是来自森林的野兽。中世纪的经济发展很大程度上便得益于森林中的野猪。雉鸡就更喜欢林地了，毕竟它们是印度丛林鸡的后裔。它们的天敌，那些俯冲掠食的动物，往往需要畅行无碍的"滑行跑道"——茂密的树枝阻止了它们。这些自由放养的雉鸡也就不愿意到外面光秃秃的田野生活了。

林地为牛、猪和鸡提供块茎、坚果、无脊椎动物、嫩枝（牧草和树叶）作为食物，以及栖息地和荫蔽处。作为回报，牲畜和家禽为土地提供粪肥。它们还会碰落一些树枝，踏进茂密的灌木。猪和鸡用嘴拱土觅食，牛蹄不断踩踏和搅拌，这为种子和坚果的发芽提供了理想的条件。就像过去野牛和野猪在林地漫步一样。不过，从中世纪后期到21世纪，除了鹿之外，大型动物对林地的影响大多消失了。

如今，我不是唯一一个在林地里饲养牲畜的人。这种林地上的新兴农业甚至有一个专有名词——农林业，指的是在利用林业资源的同时，饲养牲畜或种植粮食作物。

12月15日 晨间，一弯清冷的月，润泽而皎洁。

幽谷的密林间有一只苍鹭。经过雨水冲刷后，从飞机上可以看到，谷底是一块非洲大陆形状的三角洲；河流纵横交错，倒映着银色月光。

知更鸟的歌声萦绕在树林。桦树上跳下一只松鼠——重要的是，他并不是爬下来的，而是抓着树皮踉踉跄跄挪动；又一次——这次，他越过我椅子上方的顶篷；那根枝条太脆了，他又尝试了另一根。他继续着他的跑酷之旅，然后漫不经心地回到地面上。

树林中总是充满意想不到的事物，似乎在下一个转角，或者下一棵树的后面，便会有惊喜等着你。

12月16日 林中。已是黄昏，鸽子三三两两地归巢，大约有三十只栖息在落叶松林区。池塘的水浑浊不清；夜色渐深，芦苇也悄然隐去。鸟鸣此起彼伏：乌鸫、雉鸡、鹪鹩。

这些是来自心灵的声音。

那只茶色猫头鹰"老布朗"也开始叫了，似乎在宣布对这片树林的主权。在秋季，他的嗓音最为响亮，因为这时雄性猫头鹰开始占领各自的繁殖地。九月下旬，鸟儿换羽结束，便会听到第一声鸣叫。直至十二月，他们的鸣叫频率会越来越高。因为猫头鹰在夜里生活，所以他们主要通过声音交流。

撒克逊人叫这种鸟"乌勒"（Ule），以其哀鸣而得名。这只茶色猫头鹰就像莎士比亚笔下那只"滑稽的猫头鹰，每夜都会被古老的幽灵惊吓得尖叫"。"老布朗"会整夜鸣叫，直到第二天早上7:45左右，这是一轮漫长的夜班。比起只能短暂鸣叫的猫头鹰，唱得最久、最大声的猫头鹰是最出色的。

三年前，"老布朗"成了这片山鹬林的所有者。此后，他一直抵抗着所有的入侵者——狐狸、美洲獾和其他的猫头鹰。他甚至曾去驱赶我的梗犬，幸运的是，当时我在场。

我手指并拢，然后将两个手掌合在一起，对着"老布朗"模仿他的鸣叫声。

我尝试了三遍，他才给我回应。呜——呜——呜。好一串叫声。

以下是关于树木的一些集体名词：

avenue：位于道路两边的一排树，单层或多层

brake：一丛灌木、草丛、荆棘或倒下的树木（参考：树丛）

coombe：在山谷里的树林

coppice：一片生长着灌木（例如榛树）的林地，可供砍伐和放牧

copse：一块小的林地，半英亩或更小的树林

covert：（动物可藏身的）矮树丛——密集的乔木或灌木，经常在狩猎场景见到

dingle：树木幽深的山谷

grove：其间没有灌木的一片小树林

hagg：一小片林木（参考：伐木林）

hanger：在斜坡坡顶上的树林，从古英语hangra演变而来，指布满树木的山坡

plantation：一片人工林地，通常是有针叶树的种植园

spinney：一片小树林，常见的是多刺灌木和林木，有不少狐狸和其他猎物

stand：一小片树林，也用来描述被伐木人统一管理的一类树木

thicket：生长茂密的灌木和荆棘丛

wood：可与woodland互换使用，树木覆盖面积比灌木林大，比森林小

12月17日　池岸边的两株桤木之间，十字剑一般的芦苇丛里，有一只苍鹭，带着苍鹭独有的阴沉气质。他犹如守卫庙宇的祭司，而我似乎离得太近，威胁到了他的安全。他迟缓而失落地拍打着翅膀离去，发出一声嘶鸣，打破山谷的沉寂。

我很抱歉，打扰到他捕鱼。

修剪冬青树的过程，总是和《憨豆先生》里的场景有几分类似。每当我爬上梯子，都会恰有一根粗壮的树枝回弹，撞上额头，撞出血。

但树枝上有"棘刺"，我不得不爬梯子去修剪。低处树

干上的冬青叶上长着刺，可以阻止动物啃食。而高处的叶片是无刺的，呈椭圆形，像山茶花一样光洁。

几个世纪前，有人在木头上种了一小丛"苔藓"或冬青苗，可能是准备用作冬季的饲料。干草用完时，或下雪时，冬青的上半部分嫩枝就会被牲畜啃食掉。这里还剩下五株冬青。和冷杉一样高大茂盛，是古老农耕方式的遗迹。

这种将冬青作为饲料的农耕方式，和镰刀、玉米小推车的发明一样，已被收藏进农业博物馆。尤其是在西部和山区，早些年冬草和萝卜尚未成为冬季饲料时，冬青是一种尤为重要的饲料。精心照料冬青树林非常重要，英文里甚至有一个专属的名词——hollin（霍林），距我们几英里之遥的金谷"霍林伍德农庄"便由此得名。根据冬青树的分布规律，英格兰的"霍林"集中在北部和中北部，远离低地和肥沃的土壤。

中世纪威尔士传说《罗纳布伊的梦》（ *The Dream of Rhonabwy* ）中记载了12世纪的一个场景，牲畜棚里"地板上放了许多冬青，牛已经把顶部啃光了"。此外，庄园领主还用冬青来饲养鹿群。如果有人非法砍伐冬青，还会让他的钱袋大出血。1524年，在皇家高山森林的提德斯韦尔法院，有10人因砍倒"青木"而被罚款，后在1559年，又有24人被罚款，

1567年有21人被罚款。冬青树犹如长着绿叶的钞票，在18世纪，冬青林的年租金可能高达116先令。威廉·科贝特年轻时（18世纪70年代）在法纳姆工作，曾花了大量时间修剪冬青树，以使其更受国内市场欢迎。在埃克斯穆尔地区，维多利亚时代的自然作家理查德·杰弗里斯记录："冬青树周围有许多铁丝网，以保护它们免受鹿的袭击。"

那时，人们已经渐渐不再将冬青作为饲料了。而且，在封闭的公共区域内，用冬青林搭建牲畜棚也显得多余。我偶尔会用冬青作为牛羊的提神零食或维生素补充剂。你有紫锥菊和白色鼠尾草——鹿和羊有冬青树。

祖父教会了我植物的药用和滋补功效。每当农场有马匹或其他动物"看起来不太灵光"（在赫里福德郡是生病的意思）时，乔·阿莫斯便会让动物啃食树篱进行自我治疗。威尔士的山区农场中总会有一片开阔的草场作为"田野医院"，上面种着野花和其他植物。

经过四个小时的砍伐和收集，我将一堆光滑的冬青树叶堆放在防水油布上，然后拖到奶牛群面前。约有半数的冬青树枝叶被我缠绕在林区东北边的栅栏上。牛棚栅栏有了圣诞节装饰，萧索的天地间多了一面绿色背景墙。其中一头牛好奇地打转，粉舌头顺着冬青树的切口，开始了咀嚼。紧接着，另一头也加入进来。它们的目光穿过冬季宁静的田野，望着远方，仿佛可以看到我看不到的秘密。

12月18日　下午3点，树木震颤着，因为西伯利亚寒流即将到来。

我们不再像过去的人那样担心冬天，那时，他们的衣服又薄又破，不得不待在树林里放牧——我今天也是这样。莎士比亚一遍又一遍地提到寒流。在《李尔王》中，埃德加说过一句令人难忘的话："穿过山楂树林的冷风依旧凌冽。"

有些人说自己喜欢冬季，但那是因为他们能生龙活虎地安度寒冬，在短暂的时刻里诉说自己对冰雪的喜爱，旋即投奔他们真正的心中所爱——暖气。

对于像我这样在户外工作的人来说，冬天是很残忍的。要么是被肩上的干草划伤脖子，要么是被细捆绳隔着手套划伤左手。就连寒风也找上了我，席卷着林间的路，也席卷着我。

我脑海中满是约翰·德莱顿为亨利·普塞尔所作的"寒冷之歌"：

你老当益壮，

却不禁严寒，

我几乎难以动弹或呼吸？

冰封，请将我冰封在此。

橡树林间有四头无角红牛正在避风，显得十分孤独。我把干草垛扔到架子上，急忙跑回路虎车上，紧紧偎着暖炉。

12 月 19 日　我决定把所有猪从围场里放出来，在树林的最南端搜索甜栗子和山毛榉。它们整个早上都在这里充当推土机，翻找着山毛榉的果实和刚长出来的蓝铃花。

植物学中的 mast（果实）一词源自古德语 maesten，意为增重或觅食。在特定年份，自然界里有一些树木的果实会尤其丰硕，例如水曲柳、栗子、英国橡树和山毛榉，这些树通常会产生大量种子。例如，山毛榉每五到十年会经历一次"果实年"。虽然植物通过繁殖来进行自我保护是很常见的，但没有人知道"果实年"的具体原因。

我在被猪鼻子耕过的土地上有了意外发现：一枚生锈的

维多利亚时期的捕兽夹。这片树林背后似乎有许多故事。

通常，橡树的叶子会一直存续到二月，但今年不一样。在一个常春藤掩埋的土堆下，一只飞蛾大小的鹪鹩正窥视着我。它太娇小了，以至于我没能感知到它"吱吱"的警报声。

地面是铁灰色的，前夜的霜已经冻结，林地弥漫着毒蘑菇的气味。唯有纯净的冰雪令人欣喜，我的感官似乎也得到了净涤。忽地，一股腥臭沿着梯磴蔓延开来——狐狸的气味。

冬季树林里的回音是独一无二的：鸽子扇动着翅膀飞离枯木，兔子在干燥的无花果叶片间穿梭躲藏，窸窸窣窣。

继续潜入树林深处，我在野蔷薇下，不留心惊到一只雉鸡。或更确切地说，我也被吓了一跳，和它一样嗖地弹起来。我很少听到野鸡如此惊叫；平日树林里，它的叫声总是欢快而惬意。这只雉鸡缠在荆棘倒刺上的羽毛还在飞舞着。

灰松鼠进入了交配季节，所以我用一把12口径的枪轰掉了两个松鼠窝，两束烟袅袅升起。烟雾渐渐散去，笼罩着一只孤零零的乌鸦。

原来松鼠不在家。

来到山鹬林的第一年，猖狂的松鼠吃掉了大斑啄木鸟和黑顶莺巢中最好的蛋，还有柳莺的雏鸟。作为一个自然爱好者，我还是更疼爱英国树林里的鸣禽。

灯寂

渐入梦境的边缘

深不可测的深渊

人们或早或晚

或直径或曲径

在树林里迷途

他们无法选择。

许多道路和小径

从黎明破晓之地，

到树林边缘之界，

迷惑旅人的眼睛

忽而模糊

忽而下沉。

爱意消解

苦闷与热望退去，

寻欢作乐，纷扰不断

使命崇高

至甜至苦

皆不及梦乡安恬

我无意接近这片树林

不似宝书

不似美人

充满未知

我独自步入又出离

不知缘由

高大的林塔

入云的叶片

渐次低垂

我只闻静寂

便融入静寂

或许我已迷路

已迷失自我

——爱德华·托马斯

12月20日 我们饲养的是本地猪：来自威尔士伯克郡的大型黑猪，背上有一些鬃毛，有利于自我保护。它们个性强硬，长鼻子有利于翻掘。它们会自己在树林里觅食，为我省了不少钱，还十分有益于健康。毕竟猪吃的东西最终都会长到我自己身上。

唉，这群猪简直是任性的进食机器。我有两块清理干净的草场，它们"耕耘"起来劲头十足。树苗也十分危险，猪嘴比鲨鱼还有杀伤力。想要在树林周围赶猪，需要提前准备好电铁丝网（有三根粗电线围绕，还需要一台大型拖拉机电池，能产生十亿瓦特的功率来制造威慑力），以及一些带有铁丝网的树篱。

这是猪的本能，家养猪也不例外，它们热衷于逃脱人为设置的界限。这些猪今天早上再次试图逃脱，我不得不站在牧场入口处的大门旁，以防止300千克重的黑猪丁克贝尔脱身，和她的小猪们一起跑到邻居田里撒欢儿。

这耽误了我不少工夫，导致我很晚才去树林尽头投喂四头红牛。那时大概下午5点，夜幕已低垂。

一阵莫名的微风拂过我的头顶。"老布朗"已经就位。

　　我很好奇，猫头鹰有夜视能力吗？应该是的。今夜如蝙蝠一般漆黑，猫头鹰的虹膜能完全张开，所有光线都能进入眼内。和其他鸟类相比，猫头鹰具有最佳的"立体视觉"。

　　借助这种光感优良的光学设备，"老布朗"可以在夜间的山鹬林导航，尽管他在黑暗中穿越树林也会使用和我一样的工具：脑海中的地图。

　　"老布朗"会在夜里尖啸。现代社会的我们已习惯路灯的存在，但在冬季漆黑的树林里，下午5点也能听到狂野的呼唤。远处的农舍烟囱里冒出了林烟，这是冬天乡村的独有气息。那户人家正在生火。

　　12月21日　清晨7:38,我坐在池畔简陋的白色塑料椅上。猫头鹰还在鸣叫；寒鸦也跟着伴唱，尽管听上去那么和谐，像是收音机调频时的颤音。下午，阳光下的树林像一幅钢板画。到了晚上，梣木攫住了月亮。

　　很少有树木能像梣木一样。

12月22日 荒寂的树林，阒然的万物，脚下是枯叶。没有一朵花。正是这荒寂使十二月与众不同。

12月23日 暴雨，湿气，狂风。骷髅般的树林在低吼，仿佛一帮苍老者的游行。

林间夜幕渐揭。

12月24日 今年的冬青树鲜少结果。北欧的红翼鸫和田鸫从北方迁徙而来，短短两三天便敛尽方圆几里的冬青果。

隆冬的午后，冬青的绯红和油绿如此明艳。正如亨利八世所云：

啊！油绿的冬青

伴着常青藤生长

当花朵落尽
当绿林褪色。

油绿的冬青
伴着常青藤生长
纵使寒风凌冽
沁绿恣意荡漾

人们相信冬青是基督的象征，具有辟邪的作用。数百年来，冬青一直是圣歌的现实载体，以提醒人们"圣母玛利亚在圣诞节的清晨给予了耶稣珍贵的生命"，冬青的浆果像耶稣的血一样红，冬青的棘刺（"和荆棘一样尖锐"）犹如十字架上的弥赛亚王冠，加之冬青是常绿树种，象征着永恒的生命。

或许耶稣诞生的故事只是一个传说？也许是的。而我的家人一直深信不疑。我的家人会在夏末用啤酒花来装饰房子，在圣诞节则会用冬青枝和常春藤。

我习惯在乡村生活，不在乎圣诞节有没有冬青的点缀。小时候，我的祖父会在圣诞节前搜集冬青。今年的圣诞节前夕，我也开始做同样的事。

在树林中，时间的更迭会呈现出不同的规律。万物转瞬即逝。

12月25日 我在一根木头上生起火堆；带着几分远古时代的乐趣，回到了比童年更辽远的记忆里，那里有维多利亚时期的驿站，亨利八世时期的"欢乐英格兰"[1]。

这根木头是从一棵橡树上断落的。

燃烧的火堆温暖着我的身体和灵魂，还有林间的寒夜。拉上窗帘，我们一家四口仿佛是洞穴人，火光的映照在墙壁上闪烁——仿佛是逝去岁月里的残阳。

历史上，圣诞节时燃烧的尤尔圆木是橡木，剩余的圆木会被制作成抵御火和闪电的护身符，并用于点燃下一年的尤尔木火堆。诗人罗伯特·赫里克在1638年的《圣诞典礼》中记载了详细信息：

---

1 Merrie England，描述一种世外桃源的生活状态，在维多利亚时代和爱德华时期盛行。社会迅速发展，社会关系也发生了变化，唯有农民和底层人仍能保持淳朴、勤劳、幸福。

来吧，热闹起来吧，

快乐英格兰的孩子，

用圣诞节的圆木生火；

是我们的圣母，

让我们重获自由。

让我们尽情欢饮。

在这最后的时刻，

点亮新的柴堆，

为了歌颂耶稣，

让我们奏响八弦琴，

迎接新年的好运，

来吧，趁着火光闪耀。

人类学家詹姆斯·乔治·弗雷泽认为，这可能是古人对橡树崇拜的延续。早期的凯尔特人用橡木来尊称牧师。Druid(德鲁伊)[1] 一词衍生自 dru 和 uid，意为富有"橡树的智慧"的人。英国有两种橡树：普通橡木，又称长梗橡木或英国橡木、欧洲柄栎；另一种是无梗花栎，又称无梗橡木。无柄指的是

---

1 古代凯尔特人的祭司。

座生果实，橡果萼没有叶柄，直接生长在树枝上。山鹬林的橡树属于欧洲柄栎，橡果上有长长的叶柄，传闻地精们会用其做烟杆。

橡木对于英国人来说，就像野牛对苏族人[1]一样。浑身上下都是宝。约翰·伊夫林在他的《森林志》(*Sylva*，1664年)中列举了橡木在传统医学中的一些功用：

> 酒中煮熟的红色橡木嫩叶能够缓解口腔中的酸涩感；总体来说，橡树每个部分都对腹泻有特效，并有一定的止血效果。五月，凝结在叶子上的露珠，变质，凝固，这种液体对脱肠有奇效……也可以止泻。从橡果中蒸馏出的水可以很好地防治肺结核，缓解侧肺的剧痛，治愈内部炎症……而且可以用亚麻布蘸取这种液体来消炎；不仅如此，食用橡果能饿死蠕虫，促进排尿，并且(有人证实)能直接消解结核。用蜂蜜混合的橡树炭颗粒可以治愈痈疗。而对于内脏疾病、息肉和其他肿瘤类疾病，虽说已有种种疗法，橡树糖浆仍是最负盛名的解毒剂。

---

1 北美印第安人中的一个民族。

此外，据称连橡树阴也十分有益健康，以至于睡在橡树下成为时下治疗瘫痪的疗法，对那些睡在核桃树下被意外砸伤的人也是一种心理补偿。

橡木瘿压碎后，加入锈铁水中，可以制成墨水。橡树皮中的单宁酸可用于鞣制皮革，而箍桶匠则认为橡木用于制桶再好不过。橡果还可以用于给猪增肥。人们还用橡树叶酿酒，制作橡木味的威士忌。乡下的媒人深信，从橡树叶上收集的五月露水可作为年轻女性的护肤品。

当然，人们重视橡树主要是因为它是一种重要的木材来源，并且很可能是英国最坚固的木材。17 世纪的诗人雷纳图斯·拉皮努斯曾写道：

> 当我们面对残酷的战斗时，
> 橡树能制成板条武装士兵。
> 还能生火取暖，制成木犁耕地，
> 还有什么树木如橡木一般实用。

据估计，纳尔逊海军建造一艘军舰，需要 2000 棵橡树。几个世纪以来，英国教堂的信徒利用橡树巨大的树冠来

划分教区的边界。这些树被称为福音橡树，因为教徒定期
在树下祷告。橡树见证着自然和历史的变迁。比起西欧其
他国家，橡树在英国分布得更广，这使人们对这种国树感
到自豪。

皇家橡树分布在萨罗普郡的博斯科波尔，1651年伍斯特
战役后，准备称王的查理二世曾在此处躲避克伦威尔的士兵。
据说，在舍伍德森林的一棵大橡树下，罗宾汉和其他的绿林
好汉曾大摆筵席。橡木制成的曲线木框，用于建造都铎风格
的黑白小屋。橡木战舰还曾击败西班牙无敌舰队，在特拉法
尔加击败了法国人。纳尔逊的雷霆伞兵之一，海军上将科林
伍德勋爵曾前往诺森伯兰郡的山丘和小径，在树篱和荒地上
播撒了几千颗橡子，保证皇家海军的橡树供应源源不断。

20世纪70年代，我们在学校唱过一首歌："橡树之心就
是我们的战舰，快乐的水手是我们的朋友。"在纪念日，木制
大厅里悬挂着联合王国旗帜（不是海上巡航用的"米字旗"）。

"橡树之心"是英国皇家海军阅兵的官方旗帜。"橡树之
心"阅兵的配乐由威廉·博伊斯创作，歌词由18世纪的英国
演员大卫·加里克创作。

橡树也出现在许多英国谚语中，例如：

一刀砍不倒一棵橡树——喻指耐心的重要性。

小橡子会长成大橡树——喻指事物发展壮大的过程。

种柳树的人买得起一匹马的时候，种橡树的人只买得起马鞍——喻指时间，因为橡树的生长要比柳树慢得多。

民间有传说，橡树可以预报天气：

橡树在梣树之前长叶，

会有小雨。

梣树比橡树先长叶，

会有暴雨。

（但是，梣树肯定不会在橡树之前长叶，不是吗？）

关于雷暴的另一句古谚语是：

留心橡树引来的雷击

避开梣树引来的闪电。

最好在荆棘下慢行，让你免受伤害。

远古时期的人类认为，橡树被闪电击中然后着火，是天神的旨意。这个观点是人类把橡树奉为神木的起点。据信有些橡树架是宗教神庙的残余。

人们相信，"绿人"是原始的树魂，会用睿智的双眸透过橡树叶凝视外界，教徒由此吸收养分，在许多古老的英国教堂中都可以看到绿人的图案，也被称为"树魂杰克"。

正如博物学家布莱恩·维西·菲茨杰拉德所观察到的，过去，"从摇篮到棺材，英国人的生活离不开橡树"。现在不同了，多亏了宜家的纤维板家具、钢材，和我家池畔那把塑料椅子。

12月27日　清晨，霜冻。屋旁的小牧场上，红翼鸫沐浴着晨曦。

下午，我前往树林，池塘如裸露的钢板一样冷寂而光洁。但过了一会儿，芦苇就如常荡漾开来。报春花在河岸上舒展开来。

我花了一个下午打理树梢，修建栅栏，用四根水平的带刺铁丝网紧贴着柱子，既便捷又便宜，直到黄昏才完工。雉鸡在树林间穿梭，一只接一只，犹如连锁反应。雉鸡的叫声是宣告所有权的另一种方式，对外宣告一个新领地的建立。

在往回走的路上，我从橡树的高枝下穿过，树枝上栖息着一只雉鸡，他有些不悦，伏下身警惕地看着我。

当我离开树林时，寒鸦开始鸣叫。真是个专门整蛊雉鸡的好邻居。

12月28日　在猪圈旁，拖拉机引擎运转着，因为在这样的下午，微风吹拂，机器运转会带来暖意和律动。

巴甫洛夫用口哨呼唤狗群。而我赶猪群吃晚饭用的是半块砖头。我用砖头抵着钢槽。叮叮当当，响彻草场。

猪群一放到树林里就开始翻腾。"林内放猪"（pannage）是一个专属英文单词，专指过去在林地放养猪群的必要饲养方式。根据《赫里福德郡土地调查清册》，当地居民没有其他比林内养猪更重要的活动。彭布里奇（Pembridge）村的入口处写道："该林地可供160头体形标准的猪活动。"我母亲的家族曾在金谷沿路拥有林内放猪权，直到17世纪，这片林地一直被精心照料、严格保护和细心记录。

　　林内放猪权还能避免牛和马误食有毒的山毛榉果实和橡子。

　　这些猪在树林里非常安全，但我则和每一个焦虑的父亲一样，想确定女儿们在晚上能按时回家。

　　但她们并没有给我回应，真气人。然后我开始用砖砸她们的食槽。尖锐的声响在布满榉树的山丘上回荡。

　　猪群接连下山，一团团阴影从沉寂的榉树林中穿出。

　　猪群沿着古旧的道路前进。这里的泥土被无数动物踏过：狗獾布洛克、狐狸雷纳德、小鹿斑比。这条路蜿蜒向前，漫无方向。我花了整整一年的时间才发觉，这条路避开了许多危险和不便，是穿越树林的最快、最安全的路径。有一次，一群美国学者用电脑和牛群比赛，看谁能最快找到通过崎岖山区的路线。每次都是牛群赢。你看，最了解这片土地的还是动物。

　　猪奔跑起来笨拙迟缓，毫无美感，还十分嘈杂。它们靠近我时，咕噜声不断，还配上小飞象耳朵拍动一般的啪啪声。（如果这些猪的耳朵够大，它们可能会飞起来。）

　　猪群从门口进来时，会向我行注目礼，然后再前往食槽。

猪的吃相真的"像猪一样"，嘴张得大大的。黄昏时，它们的口水甚至泛着荧光。

那些高大的黑人、伯克郡人、威尔士人，听到"猪"这个词时都会面露不快。他们只说自己不喜欢猪，但又不知道原因。我可以告诉他们，猪和人的皮肤是一模一样的。我常爱撩起"薰衣草"的肉耳朵和她打招呼。她长着一双人类一般的眼睛，而她自己也知道，她是我的猪宝贝，我的小猪公主。毫无偏心地讲，她散发着甜美的香气，闻起来像刚熨过的亚麻布。

今晚，我的猪看起来格外可爱。动物的情绪和行为会因为居住地的地形改变吗？这些猪的祖先原本是居住在英国大森林中的野猪。不过，即便居住在先人喜爱的故土上，但我似乎感觉不到它们有任何独特的幸福感。

12月29日 上午，我爬上梯子，在落叶松和橡树上为山雀放上巢箱和比计划更多的捕蝇器。

寒流从西边入侵，笼罩着树林，显得愈发神秘，愈发惹人着迷。我和这些树木、动物一起，被困在属于我们自己的一片天地。

　　沼泽地中，两只雉鸡大打出手：猛扑、斗拳、俯冲，然后沿着篱笆一路打斗，走进田野，尽头是一条铁轨，然后一同消失在迷雾里。那只白领大雉鸡是新来的，他把我的雉鸡押走了。

　　木耳现在变成了碎羊皮纸。

　　头顶掠过一群寒鸦，窗边落下冰雹，在水岸破碎。

　　寒冷天气里，猪正在进食：它们就像白花花的活塞发动机，呼吸声像蒸汽引擎。

　　12月30日　今天下午在树林中漫步时，我突然有种奇怪的感觉——这片树林正陷入休眠。幸而不是死亡。种子、树木和冬眠的动物（刺猬、蟾蜍、青蛙、蛇，还有成千上万只蝴蝶、数十亿只昆虫）被封锁在温暖干燥的安睡仓。在隐匿的洞穴和角落，它们等待着可以苏醒的讯号。树林中，深色的橡树、梣树、山毛榉、阔叶柳、松树似乎陷入了查拉图斯特拉笔下的永恒循环：

啊，注意听！

深夜似在宣告什么？

"我已入睡——

忽从梦乡惊厥，隐隐叹吟：

世间莫测

时间无法丈量。

莫测的苦恼——

欢乐——远比悲痛更长：

痛苦哀求：走吧！

虽然所有的快乐都祈渴永恒——

祈渴深刻，祈渴永恒的深刻。

我留意到，榉树上已长出绒状黑芽。

12 月 31 日　渐入夜，光与暗仍在拉锯。

树林总是令人着迷。一如往常。荒寂的夜，空气中弥漫着湿润而柔软的乳白色雾气。没有鸟儿歌唱，也没有甜美的花朵……幸而白桦树皮上始终闪耀着银白月光，榉树犹如覆着鲜亮的白蜡，映衬着松鼠油亮的皮毛。

　　现在，山鹬林共有九棵成熟的榉树，我想过去应该比现在更多。赫里福德郡在英文中的旧称是"榉树之城"。

January

1月　心材

山鹬林，在英国贫瘠的土地上顽强生长——静默的林地——客居的桦木——桤木——生长——接骨木的恶名——风暴——知更鸟的悲歌——"真正的树林。有血有肉的林地。"——狐穴——多年生山靛是远古林地的标记。

1月1日　冬天，人们不大喜欢荒凉的树林，所以只余下我独自一人在奥克普教堂后的树林漫步。向下眺望，小径上的人们身着鲜艳衣裳，四处闲逛，悠然自得。他们的笑声萦绕在我耳畔。

树生长在溪流周围的泥土里，或矗立在山顶上，耕犁和割草机无法触及这些地方。老堂林所在的山坡太陡，山谷对面的山鹬林十分湿润。由于此地排水不畅，这些树木得以躲过刀锯。

山丘连绵不断；丘陵虽多，但不算崎岖。

西赫里福德郡自成一片原野。前有水量丰沛的怀河，后邻威尔士山脉，辽远而遗世，是人与自然之间达成的默契与和谐。

知更鸟的歌声在林间回荡。

从这里可以看到我的山鹬林，比小灌木林稍大些，但是比高耸的森林稍小。我认为，这是一片在英国规模适中的树林，一切恰到好处。

1月2日　蓝色夜空缀着几粒霜星。我放了几捆稻草到猪圈来保温。现在，金星和火星清晰可见。红翼鸫的侧翼上有红莓色的花斑，它们在池塘后的榛树林中叽叽喳喳。

我把猪安顿好后，月亮已经爬上树梢。今晚，交错的枝杈守护着树林，尽力保守它的秘密。

我有一只名叫"薰衣草"的垂耳威尔士猪，我对她开了一个无心的玩笑——"你看不到香肠的，对吗？"她气愤地对我哼哧。

猫头鹰"老布朗"开始鸣叫；现在是下午4点左右。树林里，他喜欢待在精致的栗树上。（欧洲甜栗这种树是罗马人引入的。罗马人曾为我们做过什么？他们引进了欧洲甜栗。）茶色猫头鹰的羽毛确实像茶一样——底色是典型的棕褐色，花斑的形状和颜色与林地的树枝融为一体。因此，乡下人过去称这种茶色猫头鹰为"林地猫头鹰"或"山毛榉猫头鹰"。今晚，"老布朗"把自己伪装成一根粗短的粗枝。

他开始做自由落体运动，在最后一纳秒打开翅膀，避免撞在地面上。我看不到他的猎物。天色太暗了，而且他很快便将猎物吞了下去。

现在，树林顶部：如果我站在木桩上，可以看到切克利教区的电视天线塔上的红灯；那是我的精神重心，早年生活的轴心。无论身在何处，我的心从未离开那里。

入夜，树林似乎在向远天蔓延。树影破裂，重组，飞掠，又归于静止。戈尔韦村屋的灯高悬在夜空。

透过交错的枝丫，我凝望着星星。我决定开始研究星象，星星的语言；它们的摩斯密码，它们的代码。而现在，我能做的不过是把星星连点成线。

1月3日　午后，树林静谧，就如肃穆的教堂一般，无声蔓延。绵羊躺在地上，头放在前腿之间，像小狗。通常，它们会咩咩地叫，今天却没有。我接收到了它们的讯号，没有开口打扰它们。一只知更鸟正在独唱，划破了这神圣的安宁。

十只赫布里底羊被围在铁丝网栅栏里，栅栏则紧紧捆在树上。矮小的赫布里底黑绵羊还保留着上古基因，和越冬的鹿一样，把荆棘叶作为应急的口粮。它们头顶犄角，披荆斩棘。所以荆棘生长之处，几乎看不见其他植物。

我要在山鹬林的山顶附近开辟最后一块空地，大约1/4英亩，像剑一样狭长，刺进橡树林中。我们刚去的时候，林中的树木品种很单一。野蔷薇在树木周围肆意蔓延，唯有山毛榉和针叶树下剩有一些空地。

1月5日　今天做林木工。我将桦木的"藤条"和树苗从丁格尔河岸移植到老路下的草丛中。有时，即使是适应力最强的树也需要人类的帮助才能生存下来。幼树如果太密，反倒长不好。

栌木对人类的价值已不比当年。19世纪初期，一位英国农民说过："如果没有栌木，我们就不会有货车、手推车、马车、独轮车、犁、耙、锹、斧头和锤子。它是撑竿跳的竿子，羊圈的栅栏，也是洗手盆上的箍环。"

约翰·伊夫林在《森林志》中列举了栌木更多的功用：

> 在纸张发明之前，学者在栌木的内层树皮上写字。制作马车和轮轴的木匠用栌木来制作耕犁、轮轴、轮环、耙、木桨。海员则将栌木作为制作变速轮和棚架的最佳材料。栌木具有极佳的干燥性，可用来干燥鲱鱼，鞣料树皮还可以制作渔网；并且像榆木一样，栌木还具有不易断裂和收缩的特性，非常适合制作榫和榫眼。栌木也同样适用于箍桶匠、车工和茅草屋顶工匠：如果要制作花园木栅栏、篱笆、围杆、手柄、工具箱、铁锹等，没有比栌木更好的材料了。总之，从长矛、犁、弓箭、手推车，到梯子和其他装置，人们离不开栌木这种木材。树林中树龄较长的栌木，经过长时间的生长和拉伸，有了天然的弹性，能够恢复原状。因此，不论是在和平还是战争年代，这种树木都具有极高的价值。

这种"高实用度、高价值的树"还提供了"最佳的森林燃料，也是最适合女士卧房的建材"，冬天，梣树叶还能为牛群提供难得的草料。

早在公元前2000年，古埃及人就从欧洲进口了梣木来制造车轮。

梣树真菌引发了枝枯病，于是我将梣木树种撒在林地里，希望能减轻损失。希望英国的8000万棵梣木不会重复榆树的厄运，榆树的消亡改变了约翰·康斯特勃[1]所钟爱的林地景观。

　　法军元帅韦伯·休伯特·莱奥蒂（1854—1934）曾请园丁为他种一棵树。园丁拒绝，理由是树木生长缓慢，要花上百年才能长成。元帅回答道："这样的话，没有时间可以浪费——今天下午就种吧。"

桤木：树林中有四棵长成的桤木，养猪围场附近则有六棵，周长均有20英尺。正如英国陆军测绘局在1903年所证实的那样，最初，围场是树林的一部分，但现在那里只剩下桤木了，它们长成了丛生的巨木，每棵树有八九个，甚至十

---

1 John Constable（1776—1837），19世纪英国风景画家。

个茂密的分支。

屹立的桤木是泥泞小溪的仪仗队。桤木喜欢这片隐秘而泥泞的土地。围场附近的桤木林中有一条黑色泥径，是进入德鲁伊树林的通道。

和桦树一样，桤木也是历史悠久的树种。伊夫林十分热衷于讨论桤木：

> 从过去到现在，人们一直在寻找过度生长的桤木，因为那些木材终日浸在水下，会像石头一样硬化……曾有人把桤木放在威尼斯那座著名的里亚托桥下，在大运河里承受着巨大的冲击力。乔·鲍希姆斯断言，用不了多长时间它就会变成石头。也许它会（和其他水生植物一起）在土壤和水中逐渐石化。
>
> 桤木与柳树一样有用。但它们还远远比不过煤炭，尤其是对于火药而言：桤木同样适用于制作桩、泵、跳杆、水管、槽、闸、托盘、挖沟机和鞋跟；对染坊和制革工来说，树皮是珍贵的染色剂。树皮和果实（须去除树瘤）可以制成墨水。新鲜的桤树叶子可以单独涂抹在裸露的脚掌上，缓解长途旅行带来的疲惫。浸水的树皮，再加上一点铁锈，则可以制成墨水或黑色染料。

侠盗罗宾汉的鞋底就曾被桤木花染成绿色。

山鹬林约有200年的历史，可能是当初人们为建筑房屋而种植的。更大概率是作为柴火，用来供给拜格利亚特小巷里的石灰窑。（Bagwyllidiart 是一个发音绕口的威尔士地名，本地人会读作"拜利"。有位朋友曾说，我的妻子是他们遇到的第一个可以拼读"拜格利亚特"的人。我妻子来自伦敦。）

罗马人发明了燃烧石灰石的方法。石灰是砂浆、混凝土、灰泥、抹灰和洗涤液的主要成分。中世纪，随着城堡、城墙和宗教建筑的建造兴起，对石灰的需求逐渐增加。房屋墙壁刷上石灰可以防水，还可以增亮和消毒墙面。

越来越多的石灰窑被用于生产农用石灰。在酸性土壤（例如赫里福德郡的泥盆纪红砂岩）中添加石灰，能降低土壤黏性，清洁草皮，抑制杂草，防治牲畜的腐蹄病。

石灰很了不起：出售给农民的万灵农药数不胜数，只有石灰真正称得上"万灵"。农业石灰的广告语是"赋予土地生命"，但最后，农民还是痛苦地意识到，"石灰富了父亲，却穷了儿子"。因为石灰改良土壤的效果是短暂的，这意味着他们需要越来越多的石灰来保持生产力。

土地较多的农民，通常拥有自己的石灰窑，还会向他人出售石灰石。

山鹬林和其他当地森林为人们提供了燃料（可能先成为木炭）。石灰岩（或石灰石）来自十英里外的伍尔霍普。每燃烧两吨石灰石，就会产生一吨石灰。19世纪末，石灰窑渐渐消失，因为化学肥料开始风靡。那时，窑炉是建在河岸上的，属于火炬窑，带有粗糙低矮的石室，连接窑炉观火孔。如今，这些石室堆满了七喜汽水罐。

如何得知桤木的树龄呢？其实无须砍伐树木，数着年轮去计算树龄。无须伤害树木。

首先，要确定树的种类，然后在树桩高度上方用卷尺测量胸径[1]。然后将周长除以3.14（圆周率）以找到直径。要估算树龄，就用树的直径乘以树种的生长因子（参见下文）：

桤木：5.0生长因子 × 直径

桦树：5.0生长因子 × 直径

梣树：4.0生长因子 × 直径

---

1 即胸高直径，diameter at breast height，简称DBH。

櫻桃：5.0 生长因子 × 直径

橡树：5.0 生长因子 × 直径

榆树：4.0 生长因子 × 直径

　　还有一个更简易的方法。已故的树木学家艾伦·米切尔发现，大多数树木都遵循一个简单的生长规则：如果树林的光线、空间和养分处于正常水平，木材的周长平均每年增加一英寸。公园和花园中的树木生长得更快、更壮，像在沙发上吃土耳其软糖、体形迅速扩张的人。因此，开阔地生长的周长8英尺的树约有100年历史——在树林中，类似粗细的树可能有200年历史。米切尔这条规律也有例外：大多数幼树生长得更快，随着树龄的增长，生长速度会变慢。因此，非常老的树，生长速率会降低。对于某些树种，例如山鹬林中的巨型红木，每年的正常生长速度则有两到三英寸。

　　测量树木令人上瘾。约翰·克劳迪亚斯·劳登是第一位专业的树木测量者，他的八卷本《植物园与英国果木》（1834—1837）令人印象深刻，记录了500多项古树测量数据；1880至1895年间，罗伯特·哈奇森测量了近一千棵树，主要是在苏格兰；埃尔威斯和亨利合著的《不列颠与爱尔兰的树木》（1900—1913）中则有3500多条测量记录。现代树木测量在艾伦·米切尔时期达到了顶峰，他在1953至1995年间测量了超过10万棵树，也是《不列颠群岛林木登记册》的共同创始人。

在乔治王朝之前，山鹬林是重要的伐木场。在罗马人占领期间，山鹬林所在的沃尔梅勒地区（Wormelow）提供了大量木材，用于冶炼罗马人从迪恩森林运来的铁矿石。山上的圣韦纳德地区则建有锻造厂。（如果你住在山区，那么一切都会建在山上。）

1月7日　气温舒适，冬日的气息拂面而来，我除去了悬铃木树苗，河岸因此空旷了一些。

接着，天开始下雨。我的工具是一把斧头，一个普通的钩子，一把砍刀，一把弓锯和修枝剪。我像一个医生在手术室挑选工具一般，手上戴着橡胶手套——但我的手套是金盏花一样的黄色，方便刷洗，也能防止打滑。

每次我砍树时，都会下雨，雨水落在树枝上，像眼泪。

树木：你永远不会真正知道它们在想什么。约翰·斯图尔特·科利斯是20世纪40年代的博物学家、农民、原始保护主义者，据他观察："树木原本就是生命体。我们眼中是这样。因此，它们的沉默和冷漠多少有点恼人。我们会与它们交谈，询问关于它们的消息，因为他们似乎暗藏了一些沉重的真相，一些独特的秘密——尽管有时我们会得到它们的恩惠，但它们不会回答。"

    我被一棵棵树包围着，在暗沉的雨天里，它们突然变得有些狰狞。我该离开了。

> 然后我对树说，
>
> 你有自己的想法吗，
>
> 你会想些什么呢？
>
> 树回答我，
>
> 我是我思想的化身；
>
> 一直那般生长。
>
> ——艾萨克·罗森伯格

1月8日　除了一些叉骨橡树，山鹬林的橡树几乎都笔直高挺，主干基本没有能粗过一个成年男子腰身的。那些Y形橡树倒是很粗壮高大。

凝滞的天空，暗灰的地衣，与今天下午的橡树颜色是一样的。

我离开时是傍晚。林地深处，最后一棵橡树上，有一只黄褐色的雌猫头鹰吱吱作声——那是一种懒散的刮擦声，像花园金属门的开门声。这是她的沟通信号，正在成为山鹬林间（一片无界之地）的夜间音频。老布朗有新朋友了。树林的孩子回来了——鸟儿们在林间穿梭。

白天山鹬打盹儿，晚上才出来觅食，它们用长长的喙探查幽谷里潮湿的泥地。山鹬的喙末端布满了敏感神经，可以感知蠕虫和其他地下生物。偶尔，天还亮着时，它们也会在林地出没。今天我就在天黑前看到几只山鹬。

1 月 10 日　今日天气和煦，但在树林的北部，乌鸦发出凄厉的声音。木耳已经渐渐成熟和"膨胀"起来——约有四百多株，从纽扣大小到猪耳大小不等，生长在梯磴上方的接骨木上。

然而，丛生的木耳对这棵老树来说不是一件美事，因为树干裂开后容易塌落。尽管成熟的木耳外形丑陋，但在初夏会生出一簇簇白色花朵，对人来说，不论是视觉上还是嗅觉上都是一种享受。

尽管接骨木几乎在任何地方都能茂盛生长，但它们最喜富氮的土壤。证据之一是：竟有接骨木生长在一处兔子的"哨所"上——一座被兔子粪便包裹的粉红色黏土丘（是由一个世纪前的一株冬青根茎改造的）。

犹大树、魔鬼树、上帝的恶臭树、黑长老、狞恶树、恐怖树、狗树——这些都是人们给接骨木取的名字，因为他们相信犹大是在接骨木上上吊自尽的。因此，接骨木被认为是邪恶力量的化身，如果在沃里克郡燃烧这种木头，你会看到恶魔的身影沿着烟囱倾泻而下。苏格兰人还用"狞恶树"称呼十字军，将其作为死亡和悲剧的象征：

狞恶树，狞恶树，弯曲生长，

不见直枝，不见韧茎

永为灌木，不可谓树

狞恶十字架上钉吾主

中世纪的农夫经常在简陋小屋里抽搐而亡，因为木材燃烧时会释放出有毒的氰化物，这也是接骨木名声不佳的另一个原因。

黑接骨木有坚硬的质地，但茎干是空心的，这也为人们提供了不少便利。在很长一段时间内，它被制成长笛、烟斗和枪管。从词源上看，"接骨木"（elder）一词可能源于古英语中的aeld，即"火"，因为它的空心树枝可用于生火。专家猜测，接骨木的拉丁语名源自一种接骨木制成的乐器"桑布卡"（sambuca）。

接骨木的生长特点，郁葱却易谢。如同一个人没有青春期，没有活泼无忌的青年，没有成熟有力的壮年——便旋即步入迟暮之年，长出皱纹和骨节，数十年间垂垂老矣，无人问津，被树癣噬褪了树皮。

接骨木是悲惨的。科利斯称之为"绝望的贫民"，不知是强作乔木的灌木，还是委身灌木的乔木。

1月13日　昨晚下雪了，骤然降温。

我醒来时，犹如置身白色的天堂。

雪天放缓了原有的生活节奏：雪天仿佛是假期的代名词。

树林里，朝北的树上垂满积雪。横梗的林间小径上布满鹿的脚印。此刻的树林是一个二维的空间。

我循着雪地上的痕迹前行，或许能看到鹿群，但这些痕迹从山鹬林延伸到邻旁的麦田，消失在视线之外，或许潜入了深穴林。我听过小鹿在深穴林里咆哮。深穴林是山谷中一片30英亩的树林，犹如一床黑色的绒被。

回到山鹬林，有十只乌鸦飞过，我从未见过如此多只乌鸦聚集在一起，在树林上空发出粗厉的叫声。

积雪几乎不会消减动物活动的热情：高橡树上，一对灰色松鼠夫妇毫不害羞地亲昵着。昨天，我发现一对狐狸交缠在一起。或者说"肌肤相亲"——你可能觉得这个词更文雅一些。

狐狸是英国唯一的野生犬科动物，已经在岛上居住了数万年。它们在冰河时代就迁徙至此，与长毛猛犸象和剑齿猫一样，是这座岛上最早的居民。因此，我在这里反倒像一个入侵者。

1月14日　中午，猪崽们在小河里嬉耍。我眼中的它们不过是家畜，但它们肯定感觉自己狂野得不行。不知是谁产生了错觉。

我捧起其中一只大黑母猪的头，拎起她的耳朵，看着她棕色的眼睛。我可以感觉到，她是有思想的。这些猪可能患有闭锁综合征吧——有想法，却不能用语言表达。

一只乌鸦从头顶飞过，人的眼睛是看不见的，全凭其翅膀发出的独特声音来辨识，像在甩动马鞭，又像在挥动棍子。

1月15日　迎接清晨的是一场暴风雨。我在山鹬林的中心地带，暴风的运动轨迹就像绕着好望角的纵帆船甲板一样。

树枝碎叶纷飞，雨水灌进乌鸦巢穴，忍冬花藤在风中呼啸。

十级风力，狂风的高强度充氧使我几乎无法呼吸。

我和身边昂扬的树木，一起坚持着。

但是，暴风雨的吹打把鸟群赶出树林。乌鸦们也被吹散，就像黑色手帕在滚筒烘干机中翻来覆去。

下午，风势渐歇。

1月16日　山雪融化，人的脚步已赶不上流过溪涧和牧场的水流，尽头处，溢出的雪水形成一座小池。从水中露出的桤木，就像马尾藻海中沉船残骸的桅杆。

我有些好奇：老地图显示，这个新湖的位置和先前林地被排干的湖泊是重合的，它流过20世纪50年代形成的粗糙的峡谷岩壁，重新回归山鹬林。

看看这池塘，竟和原来的一模一样。

似有远古的风暴在山谷中呼啸。同样的风，裹挟着被困羊群的怨诉和盘旋的秃鹰的悲鸣，涌入下一座山谷。

在清晨阳光的直射下，池塘的水泛出海波一般的银光。尽管这方池水仅存在了几小时，仍有三两只野鸭在那里嬉游，顺风而行：一幅美好的画面。

一瞬间闪回记忆的画面：巴黎杜乐丽花园，孩子们在池塘上玩木艇。

在这块临时泳池后面，有一只红隼栖息在枯萎的芥蓝中，略微向前俯身，然后落地，羽毛呈扇形展开。

还有几只长尾山雀在整理榛树枝搭建的篱笆，它们走动时丁零作响，犹如纤细羽毛做成的风铃。

　　我渐渐靠近，距离这些鸟儿不足40英尺时，它们有些惊慌失措，直冲入云空，几近垂直起飞。

　　水面上还浮动着一堆榛子。这是哪儿来的？是松鸦的宝藏被洪水不经意间劫掠至此吗？泥土透着灰松鼠的气味，两只大大的后脚贴着两只小小的前脚，它们踩出的脚印规律得犹如在土豆泥中压模一般，看来它们在这方面确实天赋异禀。灰松鼠不能安分地冬眠，它们躺在窝里懒惰地休息着，只不过我尚未发现。

　　天色沉下来了。树篱下，竟有一枚雪莲花破土绽放。雪莲花的出现，是地球苏醒的讯号。在所有的野花中，雪莲花是最纯粹、最空灵、最圣洁的。

　　雪莲花最初是如何来到英国的，没有人知道。直到18世纪，它才被确定为野生植物。并且只有在西部地区，它才能在树林和树篱中自然生长。

　　总之，雪莲花仿佛在说，寒冬终会消逝。

　　1月17日　上午9点的树林，知更鸟鸣啼戚戚，伴着雨水沥沥。鸟鸣的音符随雨滴而滴落。

纤细的枝梢上挂着雨珠。泛着透亮的水光。

午间，我走进树林捕猎和觅食，看看树林里有什么可以同时滋养身体和灵魂。我用410弹枪击落了一只在落叶松上午睡的木鸽。火药的气味在空气中飘荡了很久。

我饲养动物。动物难道不能是我的盘中餐吗？难道不公平吗？至少算是和大自然的一笔不错的交易吧？

所以，真正的树林，会有血腥味。

斑尾鸽是一种很常见的鸟类，以至于人们会忘记它是林鸟。与许多本地鸟类不同，斑尾鸽是真正的食草动物，身材像山鸡。这种食草动物在自然林地的条件下，会在地面觅食，秋天会以橡子为食。

苍鹭飞过天空，俨然一副校长气派，巡视着林地的不法之徒。这只苍鹭发出了警报的鸣啼。一只燕雀扑向灌木丛，保护自己的领地。

林地铺满了猩红色的小蘑菇，犹如一只只小精灵破土而出。对这些小蘑菇（绯红肉杯菌）而言，这无疑是丰收的一年，它们中的一部分可以逃过油锅的煎炸。一直以来，它们都是英国人餐桌上的一道佳肴。

除了我们，蛞蝓也喜欢这些小蘑菇。

裹着冬衣的野兔，靠着落叶松的树皮果腹。它们今天全躲在洞里。或许是空气中的危险气息，又或是机敏的天性，向它们发出了猎人将近的警告。林地中最高的一棵冷杉上，鸟巢中发出叽叽喳喳的叫声，是金冠戴菊。

我回到小路，不由感叹于树木的稳固和自持。经过一棵树时，我才能真切感受到自己是运动着的。我把树木抛在身后。

其实,是树林把我留在后面。树可以活一千年,甚至更长。而我呢? 如果我足够幸运且健康,寿命也只有数十年而已。(在苏格兰珀斯郡福廷加尔村的墓地,有一棵福廷加尔红豆杉,已有三千多年历史。)而我只活了四十余年,多活一日,已是幸事。

日落时分: 冬日阳光渐弱,树木似乎只剩枯裸的骨架,空气里弥漫着寂寥和冷清。

1月19日　云雾缭绕，林间传来远古的回响: 二叠纪时期出现了最早的针叶树，比恐龙出现得还早。当云雾缭绕时，仿佛可以听到三亿年前的声音。

即便在花类植物难以生长的恶劣条件下，针叶林也能生长得十分茂盛。所以，针叶林在某种程度上是荒地的标志。它们标志着贫瘠，就像褴褛的衣衫。在肥沃的土壤上，鲜少看到针叶树，取而代之的是被子植物，这种树的成熟种子被胚珠包围着，也可称之为阔叶硬木。而针叶树（conifer）的意思是"圆锥支座"（cone-bearing）。针叶树只有一种性别，雄性或雌性；没有雌雄同体。

　　在自然界中，你永远不能预测到自己会发现什么。没有什么是固定不变的，尤其是在树林中。几年来，山毛榉没有长出一颗果实，因为没有山鹬的拜访。

　　桦树枝是传统意义中的刑具：桦树统称Betula，源自拉丁语中表示"敲打"（beat）的词语。我走近一丛桦树枝，一半树枝被风吹落，那风割得我的脸生疼。树木垂死时往往会一改往常的习性，也因此常常给人带来惊喜。

　　淡褐色的荑黄花（昵称"小羊尾巴"）在树枝上轻柔地摇晃，花粉把黄色的桦树枝染成了青绿色。

1月21日 临近午夜，温度的最低值。地面覆盖着一层雾气；浓密的雾模糊了池塘、树林和天空之间的界限。

俯近池旁，池水竟是炭黑色的。我在静待。因为昨天我在池边发现了一种少见的、令人恶心的鸟类排泄物。

雾面之上，知更鸟在橡树中穿梭鸣叫。在低处生活的乌鸫被雾气笼罩，一片死寂。

继而，我又听到雁鸣传来。我最担心的事发生了。一对加拿大雁发现了山鹬林的池塘。

1月23日 一个晴朗的早晨，蓝雀在寻找合适的巢穴。白屈菜冒出土壤。一只年轻的歌鸫正在练习他的曲目。阳光照耀着低矮的落叶松，似乎能看见冬天的小虫在树皮上舞蹈，就像在一条条隐形的松紧绳上移动。这些是寻求雌性的雄性环状木霉。

1月24日　一夜之间，冰霜渗入大地，我在林地徘徊，只听得见自己发出的声响。

我有一座雅努斯的木偶像，守夜的双头神。我坐在椅子上，看着旧岁的木偶，回忆起破败的猪草茎和荨麻草。我开始期待春天，满眼绿色的山靛。现在，这种多年生山靛已有2英寸高。

后来，我花了一个小时探索东边狭长的山沟，那里满是雌狐的臭味。我沿着它们的足迹前进，寻找它们的洞穴。狡猾的狐狸非常善用自己发现的东西。洞穴入口隐藏在一堆废弃物下面——瓦楞铁皮、女式自行车、儿童秋千和拖拉机轮胎，都是几年前被当时的农民堆放在那里的。

这些带着金属房顶的巢穴建造在干燥的河岸上，下面便是流向林地池塘的小溪。

一群鸽子归巢歇息了。大约有四十来只。

1月27日　冬夜的树林：月光洒满树梢，明暗无尽地交织。我先是听到一阵脚步声，后来发现是一只獾。獾喜欢在寒冷的季节入睡，这在某种程度上说可以算是冬眠，因为这样的习性并不是固定的。

这只獾发现了一种唾手可得的食物：猪食槽中剩下的被压实的小麦粒（母猪们滚压的）。

我第一次走进这片树林时，这条小路便被人类的气息污染了，动物们想要避开这种气息，试图寻找一条新的路径。大约三个月后，它们对我的气味熟悉起来，就像大地、天空和水一样，于是又放心地走回以前的路径。

1月28日 依旧是严寒的天气。

池塘上，寒风吹皱水面，吹出锐利的波浪，鹅群左摇右摆。

我整个早上都在用一把弓锯修剪榛树。

剪枝的时间是关键。过早修剪，树桩上的枝条在霜冻之前不会变硬；采伐过晚，会打扰筑巢的鸟类，树液将消耗生长所需的宝贵能量。所以，一月修剪是最好的。

山鹬林的榛树枝被用于建造羊栏，叶片和果实则用于厨房花园。

在林地里，伐木的锯齿声似乎亵渎了自然的神圣，但也是一支透露出关怀的乐曲。树林需要人类的照料。

通常，榛树会自行"修剪"枝叶，树干会自己散落大量直枝。我有一根榛树棍，是15年前从多尔修道院的树篱上剪下来的，顶部有一个V形槽口，方便拇指按住。放牧时，我就会靠着挥动这根棍子，唤回迷路的绵羊。投喂和赶牛时，这根木棍也是我的得力助手。

英国最高的榛树位于肯特彻奇村，就在离山鹬林不远的山上。它有26英尺高。

浆草小小的、明亮的叶子，在潮湿的溪谷边涌现。

浆草叶是完美的碧绿色心形，仿佛是由一些工匠大师用翡翠雕刻而成。这些叶片敏感而灵活：当暴露在强光下，或遇上下雨天和夜晚，它们便会合上。（而它们娇嫩的花朵要到四月才开放。）

娇俏的紫罗兰也是心形叶片，和普通的叶片也不一样。

两只雄性松鼠一圈又一圈地追逐着雌性，不停地上下跳跃。

煤山雀在落叶松间唱着春天的歌。她是位温柔的女高音，歌声如此甜美。

在林地生态系统中，枯木的作用十分重要。腐败没什么不好。在英国，人们在历史悠久的林地和牧场上，发现了最稀有和最脆弱的食腐无脊椎动物（依赖于枯死或腐烂的木材才得以存活）。英国有两千多种无脊椎动物完全依赖腐木生存。

因此，修剪木材剩下的"低枝"会被堆成一座小山。树林中还有另外5根原木和树枝堆，是先前修剪时剩下的。这一切都为藻类、苔藓、真菌、昆虫、蟾蜍和蚊蝇提供了居所。有成百上千的小型飞鸟和昆虫在腐树堆中爬行。因此，很多以昆虫为食的蓝山雀也来享受它们的美食，枯枝像是被披上了一层蓝黄色的羽毛。

1月30日 不同往日，我经过田野外的入口和马道进入山鹬林，随即被一只小动物绊倒了。我靠着大脑中储存的动植物图谱来辨认它，因为它一动不动。某种宠物？荷兰猪？实验动物？

都不像是我脚边的这只动物。最后发现，其实是一只患有黏液瘤的兔子，眼睛在渗血，十分可怜。我从路虎上取来步枪，解脱了它的痛苦。

　　这只兔子可能住在田野里的灌木丛中。树林里还有5个巢穴，都很小，每处只住着不超过10只成年兔子。

　　1月31日　下雨的第三天，木耳获取了充足的水分，从9厘米长至13厘米。山靛也长至8厘米。

　　山靛的存在标志着林地的历史。这片林地自公元1600年以来就存在了。林地中的各种古老生物也表明，人类早在400年前就发现了这里。这些物种包括无脊椎动物（例如生活在腐木中的甲虫）和维管植物（环保主义者用AWVPs来指称古老林地中的维管植物），通常情况下，这些物种大部分或全部存活在古老的林地之中。AWVPs之所以在古森林中更常见，是因为它们早期多生长在冰川时期，散布能力相对较差。山鹬林之所以被认为是古森林，除了山靛外，还有一些标志性植物：香车叶草、虎耳草、风信子、五叶银莲花、对叶猫眼草。

　　我还种了一些酢浆草。

February

2月　根生

03

最温暖的树 —— 树木如何生长 —— 斑尾林鸽求
爱 —— 我的第一个记忆 —— 伊迪丝死了 —— 雄苍头燕雀
的求爱之歌 —— 柳絮 —— 树木的地下生活 —— 马道上的
羊 —— 狐狸 —— 狩猎加拿大雁

　　2月2日　上午8:15，谷仓墙上的温度计显示今天是2摄
氏度。我驱车向东行驶6英里，来到树林里，抚摸着树木：梣树、
山毛榉、橡树、桦树、黄杨树——其中，接骨木最暖和，其
次是落叶松。

　　1787年的这一天，吉尔伯特·怀特在塞尔伯恩记录下这
样一段话："林地里的棕色猫头鹰，整夜坐在我的胡桃树上叫
个不停。"怀特的一个朋友还发现了黄褐色的猫头鹰，歌唱
着降B大调的乐曲。

2月4日　在车道上，我透过路虎车窗望着山鹬林的铁橡树，在雨中伫立着。瓢泼大雨中，我投降了，停下搭建篱笆的工作，但远处的橡树，从不妥协。

20世纪90年代（在迷惘、懒惰的大学时代之后），我重新开始了劳作生活，开始务农、传宗接代。

诚实地说，我可以冒雨在外面干几天活儿。2001年，我连续6天在阿比多尔山上的狂风暴雨中干活儿，建起一条"赛道"（一条容得下牛群的小路）。铁路枕木做成的立柱上有一些孔，我还没挖完就灌满了雨水。我挖了20个孔，每一根枕木都是自己拉来的，因为枕木太光滑了，拖拉机的轮子是抓不住的。横杆是高速公路防撞护栏改造的，也是我自己建好的。

今天，我已经放弃了，在大自然面前屈服。我是凡人肉体，这些树是木头：我们不一样。

赫布里底羊这样强壮的肉体动物，橡树的树干此刻也是它们躲避的堡垒。

树木是如何生长的？树干如何增加厚度并持续发挥作用的？

　　木质部是植物的维管组织，把水和溶解的矿物质从根部输送到树的其余部分，并提供支撑。树木中的木质部会在自身周围形成一圈新的木质部。死去的木质部变成了"心材"；而外面新的木质部，仍然作为维管组织发挥作用（比如蓬皮杜中心的构造），变成了"边材"。心材是树的脊梁，如同棒棒糖的棍子。一棵树的树龄可以通过计算树干基部的木质部年轮数来确定。

　　2月8日　早上7点，猫头鹰还在捕猎食物。

　　早上8点，我开始铺设山鹬林西面的树篱，把每一根"树茎"（古人是这样称呼树枝的）砍成总长度的四分之一英寸以内，然后将其倾斜至35度摆放。结霜程度可划分四个等级。清晨，一只乌鸫在桦树上鸣叫，从附近白色的麦田掠过，犹如划过水面的鹅卵石片。

　　我的双手戴着厚厚的皮手套。我放下了斧子，落下的不是"砰"的一声，而是响彻大地的钟鸣。让人想起中世纪刽子手的工具掉到地上的声音。小斧头，钩嘴钩，弓锯。真正的音乐是无调性的，音乐家斯托克豪森如是说。

　　到了10点，我开始感到热了，脸上汗水淋漓，不仅仅是因为铺设树篱的活儿，而且天气转暖了。解冻的泥土释放出新生命的气息。

　　灌木丛中，一对斑尾林鸽飞来飞去，怪异的身姿就像我们在学校里做的纸质飞镖。这是它们求爱的习性。过去，村里的人认为，情人节不仅仅是人类的节日，也是鸟儿订婚的日子。乔叟写过一首名为《众鸟之会》的诗，正是围绕这个主题。

　　对鸟的热爱是古老的英国传统文化的一部分。

　　铺设树篱时有一种意料之外的好处：人们可以在树叶的面纱坠落之前，从一条缝隙窥视这片林地的内部构造。

　　树篱间的秘密昭示。我用钩镰去砍山楂树的根部，几乎要把它砍碎。但也不完全是这样，钩子撞到一块有光泽的树皮，向后一摆，我发现有两三根姜黄色的毛沾在这片湿润的刀片上。不知是黄鼠狼还是白鼬,但我找到了一条鼠类的小道。

树篱是人类历史上最重要的工作之一。我正在用金属钩镰砍柴。第一批新石器时代的农民则在这里用燧石铲砍过柴。

不同的切割介质,相同的排汗作用。

这个场景中还有另一对古老的拍档——人和狗。我和伊迪丝在一起,她时而在树篱里弯腰驼背,时而端庄地躺在阳光下。

从她出生的那一刻起我就养她了,看着她进入我的世界。她一直是我眼中最美丽的黑色拉布拉多犬,内外兼修。她就像是"戴珍珠的女孩"的乡村生活版。事实上,她的全名是伊迪丝·斯万内莎,她是历史上著名的盎格鲁-撒克逊美人,以"伊迪丝天鹅颈"闻名,后来嫁给了哈罗德国王。

而我的伊迪丝此刻奄奄一息,她患上了癌症,而我仿佛是为她的生命倒计时的时钟。嘀嗒。嘀嗒。

嘀嗒。

我的第一个记忆:当时我还是一个蹒跚学步的孩子,被困在一架银色手推车里,上方是绿色的顶篷,可以遮挡60

年代的阳光。当时我的父母在威尼斯度假（后来我才得知），
舅母凯西和舅舅威利负责照顾我。这对夫妻是牧羊人，生活
在高尔河畔的兰根尼斯。

他们刷过石灰的农舍大门外，石板上放着一架手推车。
舅舅威利的牧羊犬"幻影"溜到了手推车的一侧，扬起身子
看着我，后来竟然咬了我的脸一口。

那天下午，我不但被一只狗咬了，还被一只虫子咬了：
从那以后，我就喜欢上了狗和农场。

我需要解释一下幻影为什么咬我。其实是我的错。我拿
着一支冰激凌在他脸边上晃荡，撒了无数巧克力碎，最终激
怒了他。换谁都会咬我一口的。

幻影是我的兄弟——我在家里没有兄弟姐妹——20世纪
60年代的那个夏天午后，我学会了像对待一个人那样，怀着
一颗敬畏之心对待这只狗。现代生物学家多次提出，动物和
人类之间的"物种界限"很模糊；尊敬的科学家们，我是在
那架手推车上真切地学习到的。

我还记得——依然是那个下午——我看到威利一声令
下，幻影将羊群从远处模糊的城堡废墟带出来。我握着威
利舅舅那被风吹得黝黑的手，透过那只手，我能感受到一
个人与他的狗、他的牲畜、他的土地之间和谐的联结，带

着一份禅意的悠然与满足。我心生羡慕，开始向往这样的生活。

2 月 10 日　又过了一天，黑橡树像军舰的桅杆一样，矗立在狂风暴雨中。它们没有弯折，没有屈服。

伊迪丝离开了，我痛哭不已。

2 月 11 日　今早，悦耳的南风拂过我的耳畔。

2 月 12 日　寒冷的冬日，苍头燕雀依旧在歌唱，雨夹雪卷携走了最后一丝阳光。那只燕雀头戴一顶蓝色的帽子，身穿一件粉色的背心。这是山鹬林中第一首完整的求爱曲。

2月13日　久违的明朗画面，耀眼的阳光洒在水面上，无数蚊虫跳来跳去。

我拿着一根棍子，戳了戳溪谷里那棵腐烂的梣树。它更像是一根垂直的、裂开的香蕉，露出了腐烂的、摇摇欲坠的灰暗内核。

树木有它们自己的衰老方式，和人类不同。腐烂的心材、掉落的枝叶都为树木提供了养料。为了保持向上和向外生长，树自己吃光了自己。树木通过这种方法来实现不朽，否则它们要怎么存活一千年以上呢？

早在四亿年前，地球上的树木开始进化。恐龙在陨石灾害中灭绝了，而树木幸存了下来。

在英国，腐木上存活的无脊椎动物比欧洲任何国家都多，原因很简单——这里的原始森林更多。

这片林地的"领主"和他们的"夫人"枝繁叶茂，足有四英寸高。

林边有一只红隼，十分兴奋，鸣声微颤。

在兔子站哨的树桩上，几粒榛子从中间裂开，这是灰松鼠的犯罪证据，它们习惯先在坚果上啃一个小洞，然后用下门牙在最脆弱处划出一道干净的缺口。坚果上整齐的小洞多是林姬鼠或田鼠啃的。

榿木的雄性柳絮已从硬实的小香肠形状生长成柔软的管状。

最后一个关于猪的笑话：我曾问母猪"薰衣草"，她最喜欢的画家是不是弗朗西斯·培根。

其实，我还有一个关于猪的笑话：猪喜欢在榿木的糙树皮上搔痒，我觉得这能生产出脆猪皮片。

猪也会啃食榿木。榿木被啃食或砍伐后，伤口会变成血红色。因此，这种树被英国土著部落视为人的同类，并被尊为"水精灵的哨兵"。

2月15日　雨水断断续续。我花了一上午的时间砍掉两棵云杉，清除了多余的枝叶，重新制成木杆，用来修理铁皮猪圈。白色的木屑在空中纷飞，松脂的香味弥漫在清晨的林地。

落叶松上的叶芽沿着干燥的棕色小枝长成一个个小豆荚；很快，新鲜的绿色针叶就会冒出来。金银花也已长出新叶。

在山毛榉林中，一株年轻的山毛榉破土而出，十分茁壮，像一条鳗鱼。

把一棵树的枝叶修剪到与树干齐平——这在英文里叫snedding——是盎格鲁-撒克逊时期的英格兰传统。

在林地的地底，还有许多看不见的生命。

树根是彼此联结的，而不是孤立的。树木通过地下真菌（菌根）相互接连，菌根交织在树根底端，纵深到土壤中，形成一个地下网络，借此来传输营养（糖、氮、磷），并对蚜虫等严重的树栖问题发送警告。这就是所谓的"木联网"。

这些菌根真菌与树木的共生联结有着悠久历史。真菌从树上吸收营养，吸收光合作用过程中产生的一些富含碳的糖分。反过来，真菌从土壤中获取酶，树木再从真菌处获取这种自身无法生成的养分。

不是每一棵树都是这样。林荫密布的土地上，茂密树阴下的幼苗很可能会得到更强壮的邻树的养料支持。

但我对此还有一个观点。当代的树木研究者总将树的社群描绘成乌托邦。（因此，在"木维网"之中，树木都有人格，就像 J. R. R. 托尔金《指环王》中的"树人"。托尔金的故事抛去了人类社会细枝末节的时间尺，包含着深刻的思考和爱意。）

但树木不是"树人"，如果说它们和灵长类动物一样有知觉，那就是同时在贬低树木和人类。

每一代人都盯着树林，需要什么就索取什么。曾经，我们看着树木，喟叹人类和树都是勇敢的生命体。

顺便说一句，"树人"（Ent）是古英语中"巨人"的意思。

2月19日 我将羊群沿着马道赶到溪谷的远处，用100米长的铁丝网把它们围了起来。草地需要修剪才能生长得更好；树林似乎在不断尝试"重塑"地面，而未经修剪的草就会变成灌木。有些时候，我觉得自己好像在与森林的力量对抗。

就在这天，我还把四头母牛从树林里赶出来了，又把猪赶到附近的围场（围场本身也有部分林地；小猪对蓝铃虫有着魔鬼般的胃口，如果把它们留在山鹬林里，一只虫也不会剩下）。几个月来，山鹬林的牲畜第一次被清空，树林仿佛也失去了一点灵气。

2月20日　曾有一年冬天，山鹬林的雪地寂静而洁白，一只丘鹬从天而降，身影黝黑而敏捷，像空中的彗星。尾随的雀鹰误判了这条飞行路径，撞进了覆盖着白雪的忍冬丛，那就像一块破旧的哥特风窗帘。

一两分钟后，雀鹰蠕动着掉到了丘鹬旁，但由于它是飞禽，无法在地面发起攻击，索性飞走了。

那天，林地一片雪白，冻僵的丘鹬变成了一只糖霜鸟。

狐狸的银色洞穴外，留下了一张羊皮。

2月22日　雪地遭受了霜冻。树林里的每一棵树，都因苍白的背景而显得形单影只。

每一天，每一处变化，每一条记录。一只雌乌鸫蜷缩在悬铃木叶子上，了无希望地眺望着。她看到了一根细细的红树枝，她一定意识到了那只是一根小枝，但她还是跳到跟前拾了起来。这是她的饥饿感营造的幻象吧。我有一些喂猪的苹果，扔了一个给她。

地鼠是光天化日下的狩猎者。

下午，我看见一只雄狐，他郁郁寡欢，垂头丧气，踮脚进了猪圈。

我手中的桶不小心滑落。狐狸转了转头，看到了我。他似乎在笑。他跑了，但我知道他还会回来的。

我们都知道这一点。

2 月 23 日　冰雪解冻，阳光普照。我发现四季是交叠的，今天就是冬天里的夏天。沿着小路向前，我的脚印慢慢地充满了积水。盎格鲁-撒克逊语中的"乘骑"（rode）一词原指"林间乘骑"，因为林鸟会经常跟循人们骑乘的路径，来确定林间空地的边界。

山鹬林已被英国列入濒危自然保护地名录。

2月27日　今日有雾，2℃。我坐在椅子上，望见一道光带出现在东方，池中水面渐渐明亮起来。树林和池水相接。观赏黎明永远是早起者的特权。

林鸟不能再等了。它们求偶的欲望比早春的寒气更强烈。一只大山雀提高了嗓门，像是在附和我的观点。

2月28日　加拿大雁几乎会攻击其他所有动物：青蛙、泽鸡、野鸭。我对它们大喊、鸣枪，让狗朝它们吠叫。可它们纹丝不动。最无奈的结局，这个池塘要么属于其他动物，要么就只属于这些加拿大雁。

在这个阴冷的日子里，我和儿子决定用重型BB子弹除掉这些加拿大雁。此时，河岸上的桦树让人恍若置身北美洲。

雁群坐浮在水面上。一把12口径的猎枪指着一只公雁……我希望母雁能飞走，但她没有。

特里斯也很吃惊，跟我一样："我要射另一只吗？"他问。

是爱，还是忠诚？我不知道，只知道那只雁勇敢地面对着枪口。我说"是的"。但我当下思考的不是防治有害生物，只想解除一只鸟因痛失爱侣而产生的悲怆。

它们仰面漂浮在水面上。当风把它们吹向我们时，它们就像枕头一样，再无往日的威风。我们把雁拖到岸边，它们的身躯是如此美丽，黝黑的蛇形脖颈非常优美，足以在维京人的长船上施展身手；嘴中精致的锯齿，精密度超出了人类的工艺。

冬日伊甸

湿地的桤木林如冬日的伊甸，
野兔纷纷出穴在日光中悠嬉，
伊甸与天堂之隔也不过一线：
林地积雪未融，树木尚休憩。

万千生命封存在洁白的雪地，
雪面不过比泥土地高出些许，
却是更接近头顶蔚蓝的天际，
经年的浆果在枝头灼然倩兮。

一头小兽威风凛凛尚存一息
踏雪来将林间美食尽收眼底，
或是尽情咀嚼苹果树的嫩皮，
它的抓痕或是那年最高标记。

天堂使动物忘却求偶的欢愉：
孤鸟相聚共享冬日友谊亲昵，
它们细细地观量新枝与嫩芽：
孰能长成叶子或孰能长成花。

身披羽毛的精灵轻叩三两下
冬日的伊甸消解在午后两点。
冬日的一个时辰是如此短促，
却足够万物复苏邀欢乐永驻。

——罗伯特·弗罗斯特

March

3 月　抽芽

重现灰暗的天色——第一朵白屈菜和报春花——
我整理出的空地——觅食者的汤——常春藤——桦树糖
浆——芝麻糠——一只乌鸦在榆树上筑巢——布伦顿狩猎
场——新的大地访客：春天——荆棘叶采集工——悬铃木

3月1日　天空重现灰暗的颜色（就像艾米·怀恩豪斯写
的那样）[1]。由于没有叶片遮掩，雨水从树干上滴下来，像汗津
津的树液。蓝铃花的绿色叶片就像星星狭长的一角。

和所有的猫头鹰一样，灰林鸮也不擅长筑巢。这种猫头
鹰会选择一棵中空的落叶树，并在树洞里筑巢，最好再覆盖
上藤类植物（因此乡下人常叫它们"常春藤猫头鹰"），雌猫

---

1 艾米·怀恩豪斯，英国爵士乐女歌手，歌曲 *Back to Black* 是其代表作，由她亲
自作词。

头鹰则喜欢将风刮下来的树木枝叶拿来筑巢。山鹬林溪谷里的灰林鸮就是这样筑巢的。

雨水并没有阻止第一株白屈菜和报春花的盛开，它们在这片大地上绽放出一抹抹灿烂的、诱人的亮黄色。

3月2日　雨水连日冲刷，牧场中露出了更多的桤木树根，令生长在桤木根上的瘿瘤清晰可见。这些富含细菌的根瘤具有固氮功能，能够改善土壤的质量。

最近，我的一个农场邻居把树篱里所有的桤木都砍倒了。

寂静的小路上，一只兔子从荆棘丛中冲出，像一道白色闪电。一只乌鸫发出"噼啪"的叫声，又有一只附和。树上、篱上、田野上，总有各类鸣声交相呼应，一直蔓延到山上的花田。禽鸟和林鸟合奏出悠然的乐曲。其中，乌鸫最笨拙，飞不高（鸟类爱好者常拿它说笑），乡间矮小的苹果树和灌木很适合它们。

又一只乌鸫开始歌唱。有比乌鸫们更好的合唱团吗？1910年，美国总统西奥多·罗斯福来到英国，他惊艳于乌鸫的声音，而当地人却见惯不怪。我也有些陶醉，漆黑的小鸟，低沉的音调，悠扬的旋律。每一个细节可谓鬼斧神工，天赋异禀。这是公认的。

3月3日　雨中，林地的植物仿佛感受到了春天的气息，葱郁地生长起来，特别是山靛，现在已经有6英寸高。树林阴暗的角落里，几簇山靛建成了属于自己的一座狭长低矮的尖顶王国。

我改变计划，把羊群送回了南部的草地。这次是一大群羊，20只羊全部关在一起，红色悬铃木幼苗为它们提供了充足的饲料。

这片长满青草的空地是3年前清理出来的，如果我能阻止悬铃木的生长，这里应该遍地是野花（黄花九轮草、红车轴草、欧蓍草、圆叶风铃草、法兰西菊和蒲公英）和野草（草地羊茅、紫羊茅、鸭茅草、猫尾草和粗茎早熟禾）。这是一幅优美的晚春图景，应该和阿尔弗莱德·西斯莱或爱德华·伯恩-琼斯的作品等价。

如果没有畜牧活动，也就没有真正的草地。

奶牛最好在草地上放牧——不同类型的牲畜，放牧方式不同，会影响局部环境和草皮高度，形成拼图般多样的栖息地——但草地有的部分过于潮湿，无法支撑牲畜的体重。

在离开树林的路上，我的出现惊扰了一对蹒跚散步的绿头野鸭。

阔叶柳的枝梢透出绿意，柳树皮披上了春天的色彩。教会常用阔叶柳来代替放在恩典之路上的棕榈树。每年，教会都会用阔叶柳枝做成十字架，在棕榈节分发给信徒。民间传说中，基督曾被一根阔叶柳棍抽打过，如果这样抽打孩子，会阻碍他们的发育成长。

我在3年前的冬天修剪了一些阔叶柳，现在，它们新生的树苗已有两米半高了。树林东面的同一个位置，我还修剪了3棵桦树；新枝生长得十分茂盛，有几分像美杜莎的发型。

3月4日　今日大风。云杉的枝梢被吹落了，落在林地上，犹如断裂的绿爪，颇有几分恐怖。一小撮新鲜的嫩松尖很美味；在过去，人们相信常食用云杉的嫩枝，可以治疗胸痛。

　　大风吹弯了桦树枝，像小船上的木桨。

　　3月5日　接骨木生出新叶，第一次蜕皮，散发着恶臭的毒气。在过去，接骨木常被种在后门，以防止恶灵和邪气进入家中。威廉·科尔斯在《简化的艺术》（*The Art of Simpling*，1656）中指出，在4月的最后一天，"人们会收集接骨木的树叶，贴在门窗上，可以破解女巫的巫术"。

　　接骨木树叶散发出的香气能够驱赶蚊蝇，所以人们会将成串的树叶挂在牲口棚上，或是系在马具上。其树叶和树皮都富含产氰葡萄糖苷。树叶还含有毒性生物碱：桑布碱和毒芹碱，会使人心神不宁，这或许可以解释为什么人们在接骨木下睡觉时会遇到精灵王子。

　　我从长满青苔的原木上采摘了一些绯红盘菌，然后从接骨木上采集了一些木耳。这两种菌类本身没什么味道，但它们能大量吸收其他食材的味道。烹饪这些菌类的诀窍是把它们切碎，这样可以尽可能榨干水分，否则在烹调时水分会渗出，稀释佳肴的浓度。

木耳可以烹调，也可以入药。长期以来，中国人一直将其视为肺、胃、肠的清道夫，且现代西方医学报告称，这种真菌具有显著的抗凝血特性，可以用于治疗冠心病。此外，木耳还被证明具有抗生素和抗病毒的特性。在中世纪的"以形补形"理论中（该理论的概要是：如果一种植物形似人类的器官，它就具有治愈该器官相关疾病的功效），用木耳汁液漱口是为了疗愈耳疾。

我们伤害林地，也是在伤害自己的身体。

我的菜谱：泰式木耳肉汤

（每一个犹太祖母都相信，鸡汤能治百病；亚裔祖母则相信生姜能强化免疫系统。这道泰国风味的肉汤配方能够同时实现两个功效。）

1½匙食用油

2片姜，去皮切片

1个洋葱，切丁

5大朵木耳

1块去皮去骨鸡胸肉，切成细条

1匙蚝油

1½匙酱油

1 匙蔗糖

2 匙水

炒锅烧油，放入姜丝。加入洋葱和木耳搅拌。加入鸡肉条，将鸡肉炒至金黄色，然后加入蚝油、酱油和白糖。把所有原料搅拌均匀，加水熬煮。过程中多翻搅几次。煮好后，配上热米饭食用。

3月11日 溪谷里，桦树上缠绕着常春藤，像是被成群的木制鳗鱼围绕。（常春藤不是寄生虫，而是在借力树干向上攀缘生长。）浓云密布，我把常春藤喂给沿路的羊——它们狼吞虎咽，把我包围了。

显然，谁会相信羊会吃常春藤呢？在传统和艰苦的畜牧条件下，羊是会吃常青藤的，只是不吃浆果。

我试着学习那些难懂的林间旋律，不仅仅是风吹过树枝的声音，还有树干内部的声音。我把耳朵贴近桦树树干；手掌贴在耳后，我听到一阵贝壳的声音，接着又是一阵大提琴的低吟。

我低下头，望向溪谷，枯树发出刺耳的声响。枯树的样子常使人感慨，它们象征着已然败落的昔日威严，还须经历漫长而沉寂的腐败。"一战"结束后，作曲家爱德华·埃尔加渐渐隐退。爱德华时代的信仰也被洪流冲噬，埃尔加的妻子，也是他最伟大的支持者，身患重病。用华兹华斯的话说，他自己接收到了"死亡的暗示"。埃尔加最后的主要作品（包括《大提琴协奏曲》），都表明了这一点。埃尔加的好朋友、小提琴家比利·里德记录道，在萨塞克斯郡的布林克韦尔，埃尔加家附近的一片枯树林给他留下了深刻的印象：

从房子走到林中，只一小段路，便让人从日常生活中解脱出来。走到弗雷克瑟姆，一座普通的小公园，那里可能是歌剧《自由射手》里的"狼谷"。这里的独特之处在于盘错的枯树林，扭曲的、弯折的树枝布满地面，以一种诡异的姿态伸展蔓延，仿佛在招手，让人走近些。晚上天刚黑时，去那里走走，为的是"毛骨悚然"的体验……夜风在枯树上叹息，像四重奏中悲怆的旋律——每当演奏或是听到这些曲目时，我的眼前都会浮现这幅画面。埃尔加如此热爱自然，他的心思十分细密，必然会受到此类自然环境的感染。

　　埃尔加的夫人把他晚期的小型乐队作品称为"来自森林的魔法"，她确切提到了枯树对埃尔加五重奏的影响。这些枯树曾被闪电（外力）击中，并非自然死亡，就像"一战"中战死的年轻人。英格兰的自然风光是埃尔加谱写音乐的灵感来源。"这些声音整天都在耳朵里回荡，"他在给朋友奥古斯特·杰戈尔的信中说，"是树林在唱我的歌，还是我唱了它们的歌？"

　　我现在最喜欢的词是 psithurism，指的是树叶沙沙的声音，源自古希腊语 ψίθυρος（可写作 psithuros，指的是"低语、小话"）。

　　乌鸫在追赶落日。树林，通常是一部分任其自由生长，另一部分由人工照料。为了更接近野生林地，我划出了一块不大的狩猎场。

　　鸽子的眼神犀利，会避开我。我穿过落叶松，斑驳的日光下，我仿佛浮在半空中行走，看不清地面。不像在夜里，人可以真切感受到地面的状况。在这种光线下，人仿佛是飘浮的。

3月12日 乌鸦头顶的一束阳光，像丝线般的裂痕。破土而出的报春花，像是绽放在地面的光斑。

一只秃鹰在落叶松树顶哀鸣。我清理掉树顶的一些枯叶，露出一个散弹枪的弹夹。这应该是20世纪70年代的子弹，看来山鹬林在那时也是狩猎场。

我走过池塘，水中芦苇似刀剑。隐藏在芦苇中的青蛙呱呱地叫，当它们交配时，池水也在狂热震颤。

3月13日 山楂叶掉落，花蕾成熟，果子可以食用了。

我花了一个小时，用镰刀在一棵桦树上割常春藤，作为羊的饲料；我觉得自己像《高卢英雄历险记》中的赫塔菲克斯[1]。幸而我能闻到春天的气息了。

另一个春天的预兆是：羊不爱吃干草了，而是渴望绿色的、多汁的饲料。

---

1 Getafix，作品中的教师和乡村医生，外表高大，留着白胡子，身着白袍和红色斗篷，时常手持一个小镰刀。在故事中能够制造"魔药"，是村民赖以生存的力量。

过去，人们会给叛国者戴上常青藤花环。威尔士的最后一位王子卢埃林·阿颇·格鲁菲德，他的结局就应验了这个说法：他的首级戴着一圈常春藤，被放置在一个托盘上，呈给国王爱德华一世。后来，据说活人也可以戴同样的花环，可以预防秃顶。这好像启发了我。

3月14日　我头顶的树枝上有一只旋木雀，像粘在天花板上的苍蝇。在树林里走路，人眼本能地会盯着前方30到40码[1]的地面，但仍需要不时抬头看看。这种习惯需要有意识的训练。

在树林中漫步时，鸽子总是在我前方，叽叽喳喳飞出树梢，避开我无形的磁场。

尽管我已确信这些树不是"树人"，但在橡树皮上仍能看出人脸的图案——我看见过恐怖的老人脸。起风了，万物

1 码：长度单位，1码约为3英尺或0.9144米

开始碰撞和崩塌。

污浊的池塘里，突然荡出一些环形水波。是什么呢？

3月15日　池塘周围都是淤泥：雉鸡的脚趾是三角形的，泽鸡的脚是宽头箭形状，獾的脚趾则是半圆形。

獾住在半英里外的荒野林，这只是他今年第二次在山鹬林出没。人们叫他獾，或是"脏东西"，随便怎么称呼。反正我看到獾会很心烦。我养牛，而獾是牛结核病的传播宿主。

桦树液可以"挖出来"（收集起来）制作甜酒。

春天，切开银桦树皮，树汁开始涌出的信号，可以根据叶芽的发育情况判断，树芽应是紧而小的。首先找到一棵直径大于25厘米的白桦树；如果直径小于25厘米，那可能太小了，无法放出树液。首先，在树干上1米高的位置，以30度角钻一个洞，深度到树皮下即可，切口直径小于吸树液的塑料管；管子的另一端伸到地上的大号矿泉水瓶中。容器中的树液慢慢累积；通常，24小时内可以收集1加仑[1]的树液，而

1　1加仑≈3.79升。

每棵树最多可采1加仑树液。

和自制葡萄酒一样，桦树汁也可以作为春季的宜人饮品，此外树液也可以熬煮成糖浆。

1718年，《伦敦间谍》一书的作者奈德·沃德曾写道，桦树酒"几乎和蜂蜜酒一样，在人的嘴里透出蜂蜜的味道"。

悬铃木也会在春天产生大量汁液，可以用来制造糖和啤酒。

3月17日　棕柳莺又来到他熟悉的树林，比去年晚了一天。诚然，他那尖刻的、双调的叽喳声很难听，而且永不停休，但这也是重要的讯号：宣告着春天的来临。鸟类学家爱德华·格雷爵士（带领英国参加"一战"的自由派外交大臣）在《鸟类的魅力》（*The Charm of Birds*）中写道，棕柳莺是"鸣禽的先驱，正向我们飞来，将于4月到达，它们将送来优美多变的乐曲，将使我们的森林、草地、花田更为灵动。这就是人们每年春天第一次听到棕柳莺的声音时都会感动的原因。棕柳莺是新生的象征，是春天的承诺，是未来的希望"。

那只棕柳莺绕着柳树跳跃，活像一只飞蛾。这么小的动物，这么一只小鸟，怎么能飞到这里来？一阵微风似乎都能把他吹走。一只小鸟千里迢迢从非洲飞到英国与我们共度春夏，难道不是一种奇迹吗？

树木听到他的声音一定会很高兴。

3月18日　一只五子雀在橡树丛中鸣叫，下面是春天的第一株五叶银莲花，洁白而璀璨。

银莲花被认为是一种情花。因为在民间传说中，阿多尼斯[1]被一头野猪伤得奄奄一息，血迹斑斑地躺在草地上，被维纳斯[2]发现了；她悲痛欲绝，将爱人化作永生的花朵，在她落泪的地方，生长出了银莲花。

这个神话的美感似乎被银莲花的臭味破坏了；因为银莲花含有原银莲花素，而且有毒。

不过银莲花确实很美丽。民间有一个风俗，采摘一年中最早的一株五叶银莲花缝在衣服上；人们认为，银莲花这样精巧、纯洁、美好的花，可以抵御瘟疫。民间把银莲花称为"圣烛帽"，圣烛日即2月2日，又叫作"献圣婴日"。

---

1 希腊神话人物，每年死而复生，永远年轻，代表春天的植物的神灵。
2 罗马神话中象征美与爱的女神。

路边有一棵低矮的榆树，一只乌鸫开始在树上筑巢。榆树向着天空生长，周围有一圈山楂树。即使只有30英尺高，但这也是我所知道的最高的榆树了。

榆树是英国的标志性树种之一，用来固定树篱再好不过了，还可以为农场提供树阴。英格兰西部的榆树生长迅速，甚至被称为"威尔特郡杂草"。但在20世纪70年代至80年代的10年间，英国几乎所有的榆树都感染了荷兰榆树病（由蛇口壳属真菌引起，由树皮甲虫传播），是现代以来最惨重的物种灭绝案例之一。可悲的榆树：它们的繁殖方式类似克隆，近亲遗传令它们十分脆弱。

榆树只能活十来年，但取而代之生长出的是腋芽，这是榆树典型的繁殖方法。榆树也被常用于制作棺材。

我想起约翰·克莱尔看见的那棵榆树，我眼前的只是那棵的微型复制品吧。

牧羊人的树

巨大的榆树，树干龟裂，伤痕累累，
像一个战士，曾主宰自己的命运！

我常在树阴下的草地舒展身体，

聆听夏日里树叶的笑声铃铃；

或坐在你拱形的树根上，或半倚着

无忧无虑，陷入沉思

那些曾经的冒险梦——

无人理会的流浪者

你凭内心的力量，高耸入云，

我连思绪也缥缈，流入虚空

让生命中的卑污亦无地自处。

永不断弦的曲似在风中飘扬，

哼唱着未来，灼烧着心灵

现在只留下一些零星的乐符。

——约翰·克莱尔

3月19日　我穿过德鲁伊林的桤木林。我跨过栅栏，左肩上扛着一袋牛饲料。虽然那些牛是林地野生动物的后代，但据估计，在一个完全被森林覆盖的地区，1平方英里的植物只能养活20到30头牛。这样一算，这2英亩¹多的山鹬林连4头肉牛都无法养活。所以，它们需要补充其他饲料，干草、浓缩小麦或"草饼"。农业，离不开数学和经济学常识。

饲料把我压得喘不过气来，走得踉踉跄跄。我感觉自己像卡西莫多，那个驼背的农家男孩。远处的树林里传来母牛的叫声。反反复复，不曾停歇。

我本可以像今天早上那样，开着车去赶牛，但在3月中旬的夜晚，当难忍的隆冬将逝，沉重感解除；当白天更明亮，时间更长。谁能克制住不给自己找个理由去树林漫步呢？

有句古老的农谚："三月如雄狮降临，如羔羊遁逃。"这是祖父教给我的道理。今天，在风中、在树阴下，真的可以感受到空气中那股新生儿般的温柔。

春天来了，我沿着那条苍白的小路穿过树林，似乎连步伐都带着轻盈的春意。

对你我来说，沿着这条森林小径每走一步，都会被这个国度温柔的林地文化深深打动：莎士比亚的《仲夏夜之梦》、《小熊维尼》、《动物远征队》、《纳尼亚传奇》；当然，还有《布伦登·蔡斯》，作者是BB，亦即丹尼斯·沃特金斯-皮奇福德。

1　1英亩 ≈ 0.0031平方英里。

德国人则有黑森林和格林童话。森林里的故事因此而得以保存。19世纪，雅各布和威廉·格林兄弟开始收集和记录民间故事，他们带着浓烈的浪漫主义精神，试图留存林地自然而纯粹的气息，与德国的城市文明形成鲜明对比。1876年，在拜罗伊特，理查德·瓦格纳那部长达16小时的歌剧《尼伯伦根之戒》面向观众首演。毫无疑问，大多数场景都发生在森林里。就连纳粹也被霍奇瓦尔德（Hochwald）迷住了——霍奇瓦尔德是一片葱郁的森林，有着一排排高耸的松树，就连纳粹的党代会都是在纽伦堡的林地举行的。希特勒的副手赫尔曼·戈林在森林狩猎小屋里宣布："德意志的民族精神将永存，我们已对此深信不疑。对我们而言，没有比森林更好的象征了，森林永存。"

盎格鲁-撒克逊人在逃离德国前往英国时，延续了当地人的传统：砍伐野林，让阳光直射进来。

另一座森林（节选）

森林不见了。我有几分欣喜

看到日光倾洒，听到蜜蜂嗡鸣

闻到草地枯干的气息

还有甜薄荷的香气

我想这是森林的尽头

因为能看到马路和旅馆

一切都告诉我，森林不复。

——爱德华·托马斯

我对林地的热爱也是类似的，有关森林的书我也很喜欢。我记得第一次读到关于森林的书时，我才12岁。这本书就是BB的《布伦登·蔡斯》，这个冒险故事的主角是三个男孩——罗宾（15岁）、约翰（13岁）、哈罗德（12岁），他们逃离了艾伦阿姨的"女权政府"，到森林里过起了原始生活。

是《布伦登·蔡斯》这本书首次向我介绍了森林生活，那是一场安静而孤独的冒险。如今，我还是那个男孩，我在树林中穿行时，时时处处都能发现惊喜。

树林是一个令人放松的私密之地。正如BB所言，一座森林便是一座荒岛，也是独处之地，矗立在英格兰中部的乡村地区。栖息在林间，人可以逃离一切。

我的思想已经游离，手头却仍在工作。我已经走了一半的路。那头牛还在叫喊，像警笛一样，引领着我前进。

一簇一簇的鲜花让林地变得明艳鲜亮。连桤木根部的黑泥也被沼泽中的驴蹄草衬得有几分可爱，盛开的花朵如同孩子笔下的太阳一般明亮。（驴蹄草：林地的原生植物，冰河时代之前就存在于这片土地。）

四处都是成簇的五叶银莲花，它们精巧的花冠发着点点白光。

悬铃木叶片茂盛，接骨木也一样。你们知道吗，第一株斑点疆南星破土已有一个月了，它用深绿色的硬壳穿破了土地，驱逐冬季残存的气息。

纵然鸟鸣还没有像春天时一般喧闹，但时常可以听见一阵阵嗡嗡声，犹如身处满座的音乐厅，听得管弦乐团开始调音。大斑啄木鸟穿着花哨前卫的红衣裳，正在榆树的树干上大声唱着情歌。他那急促的咯咯声，仿佛有一条松紧带把他的嘴缠住又放开——这是他邀请雌鸟的情歌，也是在警告其他雄鸟不要进入他的领地。他的声音在1英里外都听得到。

高高的桦树上，雄歌鸫的歌声倾泻而下，深沉而悠扬。正如罗伯特·勃朗宁在《思乡》（*Home Thoughts*）中写道：

> 那是一只聪慧的歌鸫，每首歌他会唱两次
> 唯恐你误会他再也找不回调了
> 那是春日第一缕美好而不经意的喜悦！

丁尼生曾用拟人的手法描述过歌鸫的歌声：

"夏天来了，夏天来了。"鸟儿嚷

"知道了，知道了，知道了。"我应

"你看，阳光，树叶，生机与爱，又临大地。"

是啊，我疯狂的小诗人。

昆虫也有自己的音乐。蜜蜂嗡嗡叫，整座林地也在微颤。

池塘边，一只孔雀蛱蝶掠过，在水面留下一枚清晰的剪影。

春天来了。我感觉自己像是初来乍到的旅行者，这片大地的一切都是新的。

我路过了挪威云杉林……是的，在林地的每一个转角，都可能遇到惊喜。经过叉骨橡树时，我向右看了一眼，树篱附近的小路上有一只狐狸，他衔着一只兔子，走在回家的路上，家里有妻子和嗷嗷待哺的可爱小崽。

那只狐狸看着我，我看着他。原来我们都有养家糊口的重担；我们心照不宣地朝对方意味深长地望了一眼，然后仰天叹了一口气。

我们并行在路上，中间隔着20码宽的荆棘，整整有1分钟，直到狐狸消失在冬青树林后。

现在，我已经到了树林尽头的空地上，那里有一头母牛，仍在满世界嗥叫。今天早上，她生下了第一只小牛犊，一个发着光的小女孩，现在正蜷缩在母亲肚皮下吃奶。小牛看起来比吃到奶酪的猫咪还快乐。她似乎在笑。

我当然也在笑。春花盛开，我只穿了一件外套，不再是两件。而且还有一只小牛出生了。

3月21日　早晨，树叶寥寥，仍是数得清的，空灵的天际飘来几缕乐声。

到处都有兔子在跑。羊爱吃的常春藤愈发茂密。我从山毛榉树枝上削了些"木渣"下来，用来熏猪肉。

3月22日　又一个充满温暖和感恩的日子。

和其他鸽子相比，斑尾林鸽的飞行能力十分精湛，外形上很容易与雀鹰混淆。飞行时的鸽子与平时矮胖的模样截然不同。

斑尾林鸽正在落叶松上筑巢。（稍晚些，鸽子回了巢；悄悄照看自己那瓷白的蛋，一般都是两颗。鸽蛋与斑尾林鸽颈部和翅膀上的亮白色一模一样。）

下午6点半左右：光线逐渐消失，热量也随之消失。脸和手变得冰凉。雉鸡睡得很晚，是夜猫子。池边的桦树上，乌鸫在唱一支晚祷曲。荆棘里传来撞击声；砰砰——和我内心深处产生共鸣。那是一种原始的悸动。一只兔子逃开了。

我来这里是因为我的工作，确定羊群被"关好了"（围起来），荆棘丛被清理掉。

我能感知到周围同时发生的事。树叶正在生长；孩子们在4月浅浅的草地上欢闹，声音从四周的田野涌入森林。

啄木鸟忽地跳起来，对抗地心引力。

我躺在叉骨橡树的弯曲处，泥土是褐色的，微风穿过枝头，鸟儿的歌声在回荡。

我转头望向池塘：透过树木，看到的水上浪漫的月光。

3月23日　早上6点20分，大斑啄木鸟的声音像在击鼓。燕雀整天在树上亲昵地追逐。

沿着这条路走，在一棵常青的悬铃木上，有最细小的喵喵声。所以我现在知道灰松鼠的新窝在哪里了。它们有宝宝了。

3月24日 通常我只为狗和马的离去而哭泣。即使在向父亲道别的时候，在赫里福德火葬场，当滚轴把他的棺材送进火化炉时，我直直地站在那里，整个人缩在外套里，只是低头不语，没有流泪。

晚上7点后，妻子走进厨房，发现我在哭。我真不敢相信，明天那个12岁就去赫里福德图书馆把BB的书装进包里的男孩会成为BB协会年度盛会的贵宾。

3月25日 BB协会的年会在北安普敦郡萨德伯勒举行。我开车经过BB那座圆房子，也是他最后的住所，进入了村庄。

在村庄的礼堂里，我见到了戈登·赖特和"老獾"雷·沃克——他们认识BB本人。我开始讲话："我的书曾获奖，曾登上过《星期日泰晤士报》十大畅销书排行榜，但今天能和大家交谈是我职业生涯中最大的荣誉。"

这段话，我是认真的。

几天后，我收到一个扁扁的神秘包裹，是BB协会秘书戈登·怀特寄来的。纸板里面有一幅印刷版的油画，是BB的第一幅油画《当鲁弗斯到来》(*When Rufus Came to Stay*)，画的是树林里的雪地，冬天昏暗的光线下有一只狐狸。

最神奇的巧合是，在《当鲁弗斯到来》中，云杉上的景色和山鹬林的完全一样，不管是地形的坡度，还是晨曦的穿透点。

鲁弗斯是《荒野孤影》(*The Wild Lone*)中的狐狸，那也许是BB最伟大的一本书。我盯着这幅画看了好几个小时，试图找出到底是什么让我如此着迷。是黎明时那泛着蓝光的雪吗？是毛皮残余的温暖吗？然后我找到了：正是这只狐狸，它看上去轻飘飘的，却像列那狐一般机敏。

3月26日　悬铃木落叶了，金色虎耳草在水渠里生长。蕨类植物的新叶从地面开始向上攀援，它们被称为"牧杖""主教的弯木""小提琴头"，尽管枝端卷起的叶片最像是后腿站立时昂起的马头。

黑刺李的花朵绽开了。黑刺李是冰霜之花，是冬季的余味。它丝毫不柔软，不像盛开的山楂花，承诺着盛夏的到来。

我站在狂风暴雨中，我站在摇晃的树林中。想起尼采所说的那种破坏性的冲动摧毁了创造性的冲动。风在尖叫，如同尖声嚎叫的雌狐。

3月27日　黑莓丛的叶子呈现出闪电的之字形，那是荆棘叶蛾的毛虫留下的痕迹。蛾子把卵产在叶片里，幼虫在那里孵化，然后慢慢通过叶子外皮下的一条密道进食。

幼虫在它的"矿坑"里越冬，待春天来到，化身成富有光泽的银色虫体，比蠓略小。

我把那些带有各式白色爬行轨迹的叶子收集起来，放在一张A4纸上；有几分画廊展品的味道。

下午，我修剪了池边的柳树，蓬松的柳絮落在水面。在当地，这种花被称为"小鹅"。

水，自身是静止的，又抗衡着其他外力。微风轻轻地把小鹅吹向远处的海岸。

附近树林的寒鸦飞来，围住了一对赤鸢。

白天里最后的声音：一只打鸣的雄雉鸡在拍打翅膀。

我竟在猪槽里看到一只蟾蜍。

我凝视着它野性的眼睛。蟾蜍有点不可思议，和狗或猪不一样，没有和人建立任何联结。

桤木的第一片树叶冒出来了。挪威人认为，3 月是被延长来"唤醒桤木的月份"。

3 月 28 日　黑莓的芽是垂直于茎生长的。我摘了一些，很适合作为旅行途中的零食。我觉得，古挪威人也一定吃过。3 月是桤木复苏的时节，也正是人们迫不得已需要节食的"大斋期"，因为过冬储存的食物已逐渐耗尽。基督教从《四旬斋》中引用了这个词和概念。

悬铃木蛇皮一般的嫩芽很引人注目，当嫩芽展开时，树叶像是透着慵懒气息的复古阳伞。

　　悬铃木原产于中欧、东欧和西亚。可能是在1500年都铎王朝时期传入英国的，首次记录是在1632年的肯特郡郊外。其被当作外来植物的明显证据是没有一个本土化的名字。对我父亲来说，悬铃木是一种"讨厌又费力"的树，因为它那带有黏液的大片叶子总是会掉到庭院里，要人来清理。

　　约翰·伊夫林同样痛恨它：

　　　　悬铃木，或称野生无花果树（一种误称），是械树的一种，因凉爽的绿荫而闻名；因其带有黏液的叶子（和桦树的叶子一样）会早早落下，吸引有毒的昆虫，随着季节变迁，会变得潮湿随后腐烂；因此，我不允许在任何珍奇的花园和大道边种植此树。

　　然而，悬铃木是很好的木柴（经常可以看到，悬铃木用斧头劈开后，燃烧时会产生灼热的火焰），因此我在山鹬林也种了一些，还会时常修剪。

　　这种"晚来的强尼"树已被永远写入英国历史。1834年，英格兰多塞特郡托尔普德尔的一棵悬铃木下，六名农工组成了早期的工会。这一行为被认为违反了1797年《煽动叛乱法》，于是六人被送往澳大利亚。随后舆论哗然，六名托尔普德尔英雄获释回国。

后来，这棵悬铃木由国民托管组织[1]负责照料，2002 年和 2014 年，他们对这棵树进行了两次修剪。

在苏格兰，悬铃木很受欢迎，因为即便是较低的树枝也很少因压力折断。

狐狸洞的入口：家禽饲养场里的棕色鸡毛飘落在地面上，两侧有六英尺高的铁丝墙。我对那个偷偷摸摸的盗贼还是有点担心。

那只鸡经过了专业而精细的除毛处理。

树林外的田野里，绵羊的叫声此起彼伏，包括母羊对羔羊的呼唤和回应。它们的叫声有恒定的节奏，就像波浪轻轻拍打港口的堤岸。

3 月 29 日　晚上 8 点 15 分。苔藓泛着光。

---

1 National Trust，英国保护名胜古迹的民间组织。——编者

　　知更鸟唱得入迷，尝试着不同的叠句和曲调。他是个有哲学气质的歌唱家。

　　刺猬会待在密不透风的草苔巢穴中越冬。我坐在椅子上，一只刺猬在我的雨鞋上心不在焉地踱来踱去。

　　树林在"扩张"。透过树林已看不清外面。空阔感和光线都消失了。树木日渐茂密。

　　3月31日　落叶松犹如稳定的三脚架，周围的林地坑坑洼洼，兔子们在地上挖洞，取食嫩树根，那些树根现在是白色的。在落叶松和云杉树下，我沉浸在如水一般的寂静中。

　　晚上8点20分，加威山（Garway Hill）在黑暗中隐去。我仿佛能闻到春天的气息。

　　一切如此宁静。古撒克逊人的居住地就在我的西面，加威山的后面就是威尔士。地理的差异还是很明显的。

　　乌鸫在榆树上筑巢了。鸟巢是一个完美的碗形，有稻草和树枝，内部还涂满了泥。岁月会流逝，但愿这泥碗一直在。

April

4月　繁花

05

乌鸦的赌博——小马"柳树"——酢浆草——蓝铃花——读懂树皮的语言——爱德华·托马斯——你觉得自己像什么鸟？——林地颜色的变化——野蒜——狐狸幼崽——枝繁叶茂——变化——桤木瘿螨

4月1日 芽、叶、花、草，生长得如此之快，已经无法计数。今天，池塘边喧闹无比，是百万只薄翼振动的效果。越来越大的虫鸣声，预示着春天的到来，也预示着布谷鸟的到来。

两只棕柳莺互相对唱。一只昏昏欲睡的雄雉鸡一边踱步，一边发出可爱的咯咯声。

4月2日　榆树上的乌鸫下了第一个蛋，像俯视它的天空一样蓝。乌鸫的巢是半开放的。每一个物种都在进行一次生殖赌博；乌鸫的卵在阳光下迅速生长……也在捕食者的视线之内。

蛋壳里有一个圆点，那是生命的起点。

4月3日　我去树林待了一会儿，但我的思想在别处。设得兰小马"柳条"经常闯入猪圈，狼吞虎咽地吃着猪崽断奶时吃的颗粒饲料，导致谷料积食。听上去似乎无伤大雅，但他已经把自己撑得动弹不了，眼睛和嘴巴都红彤彤的。晚上7点半，兽医海伦来了，看了看小马，插上温度计，又听了他的心跳，然后宣布："我们应该让他躺下。"兽医开始在他脖子上剃毛，给他注射了重要的一针，然后突然说："我们也许该试试别的办法。"我们两个人半推半拖地把柳条拽到院子里的一辆马车上，海伦给他注射了至少两支静脉滴注，然后把一加仑的复合吸附药剂（用来吸附胃里的毒物）灌进柳条的喉咙。兽医在他身上扎了无数针。我们最后都意识到，如果他一夜之间病情恶化，看上去如此痛苦，不如让我拿起猎枪朝他后脑勺开一枪。（这给了农民一个使用猎枪的好理由：为仁慈而杀戮。）我整晚都坐在柳条边上，12号口径林肯猎枪架在我的膝盖上。

4月4日　海伦再次来看望柳条。她叫他"小伙子"。她早晚都会来。"嗯，还是老样子。"她透出些微乐观。

4月5日　柳条的心率几乎恢复正常了。但他仍然处于危险期，因为可能有继发性疾病，比如蹄叶炎。那些看似细微的炎症很有可能是致命的。海伦用泡沫和胶布为柳条的前蹄做了一个小靴，把重量移到受影响较小的后蹄上。

我拿一把刀砍去了羊群啃剩下的荆棘枝，光秃秃的硬树枝上还挂着几缕羊毛。在树林里堆篝火，向来是异教徒的乐事，在荆棘的卷须上加上一些云杉的碎片；烟气袅袅上升，穿过橡树林。

第一簇蓝铃花绽开了。

猫头鹰老布朗有四只幼鸟，他不得不在白天飞来飞去，好喂饱它们。

4月7日　山谷间的小溪里，有一棵倒下的老山毛榉，长长地横亘在那里，像一根残破的长杆，内部已经完全腐烂，里面住着一些甲虫，它们穿着闪亮的盔甲，在黑暗的隧道里穿行。两年前我在碎石中种下的酢浆草正尽情绽放，让这棵老山毛榉有了第二次生命，成为一个巨大的观赏花盆。

酢浆草应该更喜欢人们给它取的昵称：布谷鸟肉、狐狸肉、复活节铃、布谷鸟的面包和奶酪、布谷鸟的三叶草、复活节三叶草、酸模、黄油和鸡蛋、面包和牛奶。

这种植物的栽培历史悠久，它那类似柠檬的叶片是可食用的，能为鱼露带来一丝别样的风味。《上来透口气》（*Coming up for Air*）中的乔治·鲍尔林其实就是乔治·奥威尔本人，他回忆说，对一个爱德华时代的男孩来说，酢浆草适合"搭配面包和黄油"，但舌头会感到"刺激"。酢浆草的英文词（sorrel）

来自古法语中表示"酸"的词语。

在英国南部，酢浆草是迎接布谷鸟和复活节的典型植物，因此其在许多国家的名字都引用了鸟和节日的名称。

4月8日 小时候，春天来临时，我们会长途跋涉至伍尔霍普森林，把鲜花采回家。我想起了母亲，她用指甲仔细地搜寻着蓝铃花的花瓣。有一次，她刚刚读过一本关于希腊神话的书（我记得是罗伯特·格雷夫斯的作品集），于是开始寻找花瓣上的"AIAI"记号。母亲解释说(她是一名教师)："AIAI"是古希腊语中表示哀叹的词，据说是阿波罗为了悼念斯巴达王子雅辛托斯的去世而写下的。因为蓝铃是风信子[1]的一种，母亲突然想到，蓝铃上或许能找到此符号。

蓝铃上没有标记。我们回到家后，翻阅了格里森的《弗洛拉》才发现原因。英国蓝铃花是风信子的特殊种类，其学名 *Hyacinthoides non-scripta* 意为"无字母记号的"，以此区别于风信子本身。可是我们知道得太晚了。我的脑海中浮现出一

---

1 英文中风信子一词（hyacinth）来自一个希腊神话人物雅辛托斯（Hyakinthos）。

个想法：蓝铃花是希腊的悲剧之花。今晚，我呼吸着蓝铃的清香，在紫色的薄雾中，似乎看见了痛苦的雅辛托斯。

根据民间传说，仙女会用蓝铃花诱捕路人。戴上蓝铃花花环的人，只能说真话。

世界上一半的蓝铃花生长在英国：它在我们的历史故事中扮演了重要的角色。捣碎的蓝铃花会产生一种黏性物质——几百年来，人们用它来粘贴书脊上的书页和箭头上的羽毛。

树林边缘：花瓣漫天飞舞，不知是野樱桃还是欧洲甜樱桃，犹如一场暴风雪。山鹬林中一共有4种樱树。正如诗人A. E. 霍斯曼所说，樱花朵朵，犹如树枝上"挂着雪"。

上周刚来的柳莺在歌唱。山楂、接骨木和悬铃木都长出了叶子。一只熊蜂落在黄花柳上，正在那毛茸茸、黄蒙蒙的花朵上采蜜。

坐在池边，头顶一片静寂，只听见潺潺溪水向北流过。

晚上8:10。在树林里散步，有14只鸽子从落叶松中"紧急撤离"。

捕猎斑尾林鸽需要观察环境，它们机智敏捷，狡猾精明。有几分狐狸的特质。

伏翼蝙蝠从冬眠中醒来，在池塘边嘶鸣。夜空中挂着一轮轮廓不明的半月。

读懂树皮的语言：我以前会学着识别树皮上的"盲文"。但是，山鹬林近几年有很多新的树，包括甜樱树，它们十分精巧，一个个小圆环挂满枝头，在空气中绽放。甜樱树像是我的小算盘，数羊时，我会抓着树枝，每点一只母羊，就点一枚圆环。甜樱的斑状环带有皮孔，这种隆起的毛孔能够帮助内部组织透气。

4月9日　今天是爱德华·托马斯在法国阿拉斯战场上去世的忌日，我走进树林做晚祷。我对鸟儿们说："唱吧！"

美国诗人罗伯特·弗罗斯特的诗歌《未选择的路》（*The Road Not Taken*），与其说是一种存在主义写照，倒不如说是在调侃犹豫不决的托马斯。当托马斯意识到，保护英格兰的田野、树林和溪流已经迫在眉睫时，他仍然犹豫不决，困扰不堪。一只猫头鹰的呼唤，最终说服他为国王和国家尽一份力：

> 静寂的深夜，喧嚣被隔离，
> 唯有猫头鹰的声音，最忧郁的悲泣

在山顶上盘旋，摇曳，

听不见欢畅的乐符，是因为没有欢畅的缘由，

但有个声音告诉我，我为什么想逃走

其他人不能告诉我的，那晚，我隐入夜里。

盐渍的食物会变得坚硬，像此刻静止的我，

听着鸟的声音，也变得坚硬又清醒

就像所有躺在星空下的人一样，

士兵和穷人，无心欢畅。

　　这不是诗人故作姿态。托马斯与大自然的关系亲密，以至于他认为自己真正的同胞不是人类，而是鸟类或树木。他有一首诗叫《白杨》（Aspens），描绘的是村庄十字路口旁的栖木，当有人问及这首诗的含义时，他回答说："我就是那棵白杨。"

　　后来，无垠的宁静树林里传来一个噩耗，一只田鼠被老布朗带走了：它发出一声十六分音符的哀号，可能感知到了自己的宿命——终有一天，始祖鸟的爪子会刺穿它的背。

4 月 10 日　池水变得如玻璃般透明，一切都是静止的，除了黄昏的光线下那条银色波浪，那是泽鸡游过的轨迹。

你觉得自己像什么鸟？这是一个比罗夏心理测试更精准的问题。这天，我选择了泽鸡，因为它总是在角落，羞涩地观察。就像在聚会上，你总会在厨房里看到我的身影。

为什么，是什么原因让人们对猛禽如此着迷？

池边，一只知更鸟唱出了他的心声；远处，乌鸫和鸽子成双成对。再远一些，还有一只林柳莺。

4 月 11 日　第二次世界大战期间，约翰·斯图尔特·科利斯在多塞特清理了一片 14 英亩的榉树林（位于伊韦恩大教堂和塔兰特·冈维尔之间），这片森林 18 年来无人问津，在那里，约翰甚至无法"畅通无阻地前进一码"，特别是途经忍冬茂盛的区域，它们被称为"刽子手的绞索"。

约翰记录道，在森林里"最吸引和最令我欣欣鼓舞的是植物腐烂分解的过程"。文艺复兴时期的画作《阿卡迪亚的牧人》[1]说明，即使在乌托邦，死亡也是存在的。诗人丁尼生也记录过这样的画面：

> 树林腐烂后倒下，
>
> 融入空气，化作水珠，滴在土地上。

我养的一头猪逃进树林里，循着气味找到一根腐烂的圆木；树皮上满是苔藓，树干内部软得像湿海绵；我的手指越探越深，越往里越柔软，内部的迷宫渐渐显露。那里仿佛是一座由白色真菌组成的微缩童话城堡，一只蘑菇搭建的新天鹅堡，里面住着一只棕色蜈蚣，还有两只迷你蜈蚣"宝宝"；把蜈蚣比作宝宝还是有些难以想象的。"城堡"旁还有两片林地。

4月12日　英国的森林，色彩犹如渐变的潮水：绿色（山靛）渐变到黄色（白屈菜），再由白色（木海葵）渐变到淡

1《阿卡迪亚的牧人》：画名为古典拉丁文 Et in Arcadia ego，直译为"而我在阿卡迪亚"或"此身亦在乌托邦"。

紫色（蓝铃花）。

我坐在椅子上：风吹拂着黄花柳的柳絮，也吹拂着小鹅，让它绕着池塘旋转，画面有几分像摄政时期的方阵舞。

奇怪的是，文人眼中的柳树常与悲伤和哀悼联系在一起。在莎士比亚的《哈姆雷特》中，奥菲莉亚在一棵柳树旁溺水身亡。但在《圣经》时代，柳树被视为庆祝的树。

柳树也很适合生火。

野生樱树林中，各种野花盛开着。

榛树也逐渐枝繁叶茂。

小马"柳树"经历了千辛万苦，已经完全康复，从病人名单上除名。这不是他第一次伤到自己、险些丢了命。或许这匹小马有九条命。

我们都很爱他。

4月13日　林鸽正在交配；我全神贯注，它们在落叶松里狂野撕咬，尘土飞扬，我走近，离它们只有3到4码。

因为树木还没有完全长出茂密的树叶，所以我清楚看到了这些小鸟；比起茂密的树林，只能看见鸟飞过的身影和叫声，这时候更适合观鸟。林柳莺已经回到了山鹬林，它们是春季最后一批来自非洲的旅客，也是柳莺属中最大的一种（相比柳莺和棕柳莺）。吉尔伯特·怀特把林柳莺的哀歌描绘为"高高的树林顶上的唿唿颤声"。

莺都是食肉动物，飞到这里来，是为了春季里孵化的昆虫。树林里的食素鸟很少。

每年这个时候我都很好奇：世界上第一只莺是如何想出要飞5000英里去英国度夏，然后飞5000英里到非洲去度夏？达尔文那烦琐的进化论要如何解释这个问题？

4只燕子来到了山谷的池塘，但是未作停留便飞走了。鸟类的迁徙没有一个固定的路线，而是螺旋式地迁徙（它们会停下来觅食、喝水）。

4月14日　天亮了。森林里，黎明合唱团由一只雄鸡领唱，它站在一片蓝铃花海中。那片花海是"森林的骄傲"。

橡树嫩芽初绽，有的叶芽格外饱满，因为同时包含叶片和柔荑花序。小溪旁的熊葱（野蒜）臭气熏天。如果狐狸"雷纳德"够狡猾的话，应该能够借助这种刺鼻的蒜味摆脱追击的猎犬。

野蒜是一种在英国各地都很常见的植物，喜阴凉潮湿的中性土壤，因此，在这里，它生长在雨水丰沛的林地和灌木丛中。外形上，蒜叶和蓝铃花很相似，区分的方法是压碎叶片，如果闻起来有蒜味，那就是野蒜。

伐木季快要结束了，但木材仍在生长。厨房里，野蒜叶可用来包裹食物，代替葡萄叶。野蒜的气味不如人工栽培的大蒜强烈。"野蒜"（ramsons）一词来自古英语"hramsa"。埃塞克斯郡的拉姆齐（Ramsey）和兰开夏郡的拉姆斯博滕（Ramsbottom）就是两个因多产该植物而得名的地方。

野蒜叶酿饭

配料：

野蒜叶80片　　洋葱1颗，切碎

烩饭100克　　2匙薄荷或水薄荷

橄榄油少许　　4勺水

柠檬1个　　番茄酱1勺

蔬菜汤1～2杯

将野蒜叶放入沸水中，烫1分钟，去水，滤干。

用橄榄油将洋葱炒至半透明。关火后加入米饭和其他配料，除蔬菜汤以外，搅拌均匀。放在一边。

　　取3片野蒜叶并排放置，稍微重叠。在中间放一小勺烩饭，然后折成长条形。用野蒜叶紧紧地卷住烩饭，把露在外面的蒜叶塞紧，这样就做成了一小份包饭。卷起后固定时，用取食签别住。如果你觉得这个方法太复杂了，可以把蒜叶摆成十字，取一勺烩饭放在中间包住。这种希腊菜式的包饭技术古老而神秘，一时半会儿很难掌握。所以，做这道菜时，你需要耐心。

　　我们继续做酿饭卷，直到把所有烩饭用完。用一个大的慢炖锅，其他带盖的锅也可以，把多余的、废弃不用的蒜叶铺在底部。这是为了防止饭卷烧焦。尽可能铺上两层蒜叶，三层更好。

　　淋上三汤匙左右的油和蔬菜浓汤。放入烤箱，小火烤制约30分钟，届时菜汤应该已经干透。

　　这道酿饭卷可以搭配酸奶黄瓜作为开胃菜，也可以作为主菜，在盘底配上蔬菜。

　　食谱里的材料都是可替换的，你可以随意发挥。哈鲁米奶酪有很好的黏性，牛肉、羊肉、猪肉碎也都是传统的烩饭食材。

4月16日　雪从橡树上落下，一片荒寂，犹如身处世界的尽头。这就是真实的冬天的模样。

人们或许想不到，下雪时有轻盈的咝咝声。

4月17日　头顶的云层仿佛大陆的版图，在空中模拟地壳运动。

一只林鸽栖息在山楂树上。它站得十分平稳，是因为树枝比我想象的要结实，还是因为林鸽比我想象的要轻呢？

池塘上，一只公野鸭飞过。

我经过时，有一只伴飞的红胸䴙，像是我的特勤护卫。

一串串小绿花垂在梧桐上。作为引种植物，寄生在悬铃木上的昆虫区系不大，大约有15种。然而，悬铃木的雄花和雌花都能产生丰富的花蜜，几种蛾类的幼虫都把这种叶子作为食物来源。悬铃木的树叶还会吸引蚜虫，然后会吸引以蚜虫为食的苍蝇和瓢虫。

4月18日　橡树叶呈现出半透明的灰白色。

欧洲甜樱的直树干显得有些呆板，直到顶端的枝干超过临近树种时，才会开花。

海棠树的果实是所有树中最甜的，会结出粉色和白色的杯形花朵。就连散落地面的树枝也颇有几分艺术感。今天，这两棵树仿佛搭成了一座粉白色的凉亭。

为什么树上的花是乳白色的？是为了让在树阴下授粉的昆虫看见它们吗？一棵冷杉树下，有一枚打碎的鸽子蛋，蛋壳像是有白色裂纹的瓷器。

森林里的雾气渐渐褪成单调的灰色。所有颜色都消失了，只有细微的、虚无的色差，像余火的灰烬。

我爬上树，离地20码左右时，我看到4条幼蛇在地上爬动、翻滚、追逐。这是夕阳下的一幅可爱画面，它们的皮肤在春日里闪闪发光。

一天晚上，我看到一条雌狐带了一只兔子回来；作为母亲，她把兔子撕成了4份，每只幼崽都有同等的份额。

我试着再靠近一点，但一根卷曲的荆棘划到了我的裤子，声音吓到了幼崽。他们齐齐瞪向我；他们的眼睛似乎被黄玉染了色。幼崽们毫不畏惧，但妈妈很警惕，把他们唤走了。

4 月里，树林是个好去处。

4 月 19 日　低空飞行的昆虫在树林中嗡嗡作响，这是春日的第一阵虫鸣（除开水池周围的嗡嗡声）；虫鸣的声响之低，犹如背景音。

野鸭从水面游过：灵动美妙的画面。

4 月 23 日　森林里，成群结队的圣马可蝇颤动着双腿，挡住我的去路。需要有人来告诉它们：圣马可节是 4 月 25 日。它们早到了两天。

4 月 24 日　晚上 9 点左右。我坐在椅子上，有些乏，每天早上 5 点就要开启一天的农场和案头工作。一只刺猬爬过，我惊得跳了起来。

　　树篱下的桤木上，秃鹰在筑巢，嘴里叼着棍子飞过。

　　一只毛脚燕从池塘边衔了最后一口泥，不料被风吹跑了，她重新调整了姿势，沿着预定的路线起飞：她是怎么知道该怎么建巢的？她出生时住的泥房子可是在她出生之前造的。或许是DNA中的某种基因，或是宇宙中的自然密码，鸟类可以知晓，而人类却不能？

　　黑暗之中，树木和雾气一样虚无。

　　4月25日　　橡树和山毛榉长出叶片。山毛榉的学名是 *Fagus sylvatica*，其中Fagus源于古希腊语phegos，意为"可食用、用作食物"，这棵茂盛的山毛榉高达120英尺，它石灰绿的叶子也可以用来制作沙拉或汤。在第二次世界大战中，希特勒政权试图将山毛榉的树叶晒干，作为烟草的替代品。

　　4月26日　　阳光明媚。上午10点。树林的地面被绿色覆盖，所以走在山鹬林中，不论是抬头还是低头，满眼都是绿色。

梣树是顽固的，仍旧没有发芽。"后来居上。"正如谚语所说的那样。

池边有一些稠李。这种花有一种独特的气味，落水狗身上的酸臭味。

一只孤独的孔雀蝶在干燥的小路边取暖。它张开翅膀趴着，猛地露出四个斑眼——这简直能吓跑一只鸟。早上，蝴蝶会出来晒太阳，所以更容易辨认。

今天，我突然灵光一现：我路过山毛榉林，茂密的枝干从褐色的土地向上延伸，我知道，它们是除橡树之外英格兰的另一个象征。只不过不同于橡树的浓郁和茂密。

4 月 27 日　下雪了，很轻，几乎感觉不到。我花了两个小时清理悬铃木幼苗，阻止它们的疯狂扩张，林地下方也空旷了许多。

猎杀一只幼兽——小狗、小猫、小猪、小马驹——场景不亚于恐怖片镜头；猎杀年老的野兽则会容易许多。我走在另一条枝繁叶茂的小径上。我不后悔砍掉了一些悬铃木苗，但我会在砍倒一棵成熟的树木时流泪——很可能你也会。

随着树液的分泌，筑巢的鸟类增多，这是近期最后一次修剪林木。

下午，在一棵枯树附近闲逛，看着树上的洞和裂缝。我特别喜欢树皮的纹路，尤其是甜栗树皮上的弯曲纹样。

铜绿色的池塘上，芦苇已经有 2 英尺高了。芦苇越长，池塘就越小。

沿着小径往前，一只公雉鸡站在路边。母鸡待在荆棘丛的窝里，我昨天经过了那里；虽然她的头只微微动了一下，但足以让我发现她了。她似乎变成了一座雕像，坐在她温热的蛋上。

4 月 28 日　一只羊掉进了池塘下的水沟，沟深约 6 英尺。她的两条前腿断了，所以我回去取来了猎枪。

走在下水沟里，仿佛进入了冥界：沟渠底部满是蕨类植物、苔藓、烂泥、弯绕的藤蔓，还有一些未知动物的脊骨。水不断从两侧哗哗流下。

与屠宰场或超市货架上惨淡的带血肉颜色不同，新鲜血液带有一种令人讶异的猩红色荧光，如此鲜明。

也许，一个人需要爬到地下去欣赏春天。抬头望去，寻找出口，发现一只刚从冬眠中苏醒的黄粉蝶，在空中欢快地飞来飞去。雄性黄粉蝶的黄色如此明艳，以至于人们用他的颜色来命名所有同类昆虫：butterfly[1]。

4 月 29 日　变化。山鹬林一刻也没有停止变化：春天，荷尔蒙，交配，筑巢。万物生长。春天的生命力是不可阻挡的——植物攒着劲，纷纷冲出坚硬的泥土。

鸟儿们来回踱步：啄木鸟在电线杆上，像橡胶玩具一样吱吱作响，飞向桦树；旋木雀在池塘的尽头来回穿梭，在画面中留下了重要的一笔。

空气有一种柔软和轻盈的质感，两周前尚未感受到的质感。看来冬日已成往事。

树林尽头，一头母牛用力地、大声地叫着。随后，bellocking 这个词越过几十年的时光，再一次突然出现在我的脑海里；这是我祖父用的方言，用来形容母牛发出的巨大哞哞声。

---

1 英文中 butter 一词指的是黄油或黄油色。

　　这个词像一张塑料磁卡，开了锁，打开了一扇门。儿时的方言词到了嘴边。奔跑的母牛在"狂叫"（skelloping）；獾是"泰迪先生"（Mr Teddy），麻雀是"小男孩"（spadger）。然后我发现，我能用方言写半句话，一个从句:我被一只"碧玉"（jasper）"惹恼"（mithered）了（"被黄蜂骚扰了"）；"查理"（Charlie）的"母亲"（mother）上方有些泛黑（即"乌云预示着暴风雨"）。

　　带着这种怀旧的情绪，我为树林写了一份赫里福德的对照方言，选自威妮弗蕾德·利兹的《赫里福德郡方言》（*Herefordshire Speech*）和乔治·康沃尔·刘易斯的《赫里福德郡旧词》（*Old Herefordshire Words*）:

鸟类和动物

　　耕童比利（Billy-ploughboy）—— 白鹡鸰（pied wagtail）

　　蓝色以撒（Blue Isaac）——林岩鹨（dunnock）

　　奶嘴（Bottle tit）——银喉长尾山雀（long-tailed tit）

　　臭家伙（Brock）——獾（badger）

　　花蕾鸟（Bud-bird）——红腹灰雀（bullfinch）

罐头瓶/炮弹瓶（Can-bottle/cannon-bottle）——
银喉长尾山雀（也适用于云雀，skylark）

挑剔猪崽（Chooky pig）——木虱（woodlouse）

苜蓿消灭者（Clover snapper）——兔子（rabbit）

起重机（Crane）——苍鹭（heron）

尖叫魔鬼（Devil's screecher）——雨燕（heron）

洗碗工（Dishwasher）——白鹡鸰

毛毡（Felt）——田鸫（fieldfare）

乡巴佬（Hickol）——绿啄木鸟（green woodpecker）

小铁环（Hoop）——红腹灰雀（bullfinch）

小猫（Kitty）——白喉雀（whitethroat）

母牛（Lady cow）——瓢虫（ladybird）

食虫派（Maggoty pie）——喜鹊（magpie）

善鸣画眉（Mavis）——歌鸫（song thrush）

小松饼（Mumruffin）——银喉长尾山雀（或叫"奶嘴"）

荨麻爬行者（Nettle creeper）——白喉林莺（lesser
whitethroat）

小派雀（Pie-finch）——苍头燕雀（chaffinch）

奎斯特/昆斯特（Quist/queest）——斑尾林鸽（wood
pigeon）

铁轨（Rail）——泽鸡（moorhen）

理查德（Richard）——雉鸡（pheasant）

小男孩（Spadger）——家雀（house sparrow）

显眼的家伙（Stare）——椋鸟（starling）

风暴公鸡（Storm cock）——槲鸫（mistle thrush）

托比（Toby）——狐狸（fox）

百灵（Writing lark）——黄鹀（yellowhammer）

亚菲尔（Yaffil）——绿啄木鸟

树木相关

向苹果树看齐（Apple-headed）——指树枝低垂的树

阿尔/奥尔/奥勒（Arl, orl, orle）——桤木（alder）

小毒蛇（Asp）——山杨（aspen）

婴儿奶瓶（Baby's bottle）——野生魔芋（wild arum）

班纳特（Bannut）——胡桃木（walnut）

比钦（Beechen）——榉木（beech）制品

嫩枝（Browse）——修剪下来的树篱

桩子（Cag）——树枝的桩子

废石（Chat）——死树

乔布纳特（Cobnut）——榛树（hazelnut）

山鹬林（Cockshutt）——曾有山鹬（woodcock）筑巢的林间空地

小灌木丛（Coppy）——矮林（coppice）

烂木头（Daddock）——枯木（dead wood）

魔鬼鼻烟壶（Devil's snuffball）——马勃菌（puffball）

埃伦/埃兰（Ellern/ellan）——接骨木（elderberry）

埃伦花（Ellern blos）——接骨木花（elderberry blossom）

埃卢姆（Ellum）——榆树（elm）

精灵手套（Elves' mittens）——毛地黄（foxgloves）

费尔/弗恩（Fearn/vearn）——欧洲蕨（bracken）

小鹅（Goslings）——褪色柳（pussy willow）

疯狂的梅格（Mad Meg）——泻根草（bryony）

枫木（Mauple）——槭树（maple）

五月枝（Maybush）——山楂（hawthorn）

欧布隆卡树（Oblionker tree）——马栗树（horse chestnut）

潘克（Pank）——伐木，尤指苹果树

皮姆洛森（Pimrosen）——报春花（primrose）

朗德尔（Rundel）——无顶树

伊普（Yimp）——小嫩枝

4月30日　桤木的寄生虫瘿螨（Eriophyes laevis）会在叶片上产生微小的球形水泡，起初是绿色的，随着时间的推移会变红。每一个水泡在叶子下面都会有一个狭窄的开口，瘿螨在秋天成熟时会离开。

桤木林较矮处的叶子带有虫瘿，这对小型食虫鸟来说是个好消息，它们已经采下了许多虫瘿，破洞的树叶已经有些透光了。

今天是"5月前夜"，也是莎士比亚《仲夏夜之梦》（1594—1595）开始的时间；今夜是属于精灵的夜晚。

May

5月 茂叶

06

绿荫——灰林鸮幼鸟——五朔节——布谷鸟——纽本德树林——黎明合唱团——蜉蝣交配——哲思之处　丛生的帽状菌——斑点疆南星——送入牛群——橡树苹果日——鸟鸣

5月1日　第一次看到绿荫的日子。嫩芽和绿叶生机勃勃。梣树上有三团绒毛球，是三只黄褐色的幼鸟，一眼看去还以为是卷起的学生袜。其中一只从低处的树枝上跌落，只好用钩状的鸟喙和弯曲的爪子攀爬来重新划分高度。

池塘的蜉蝣，像悲惨的芭蕾舞演员一样，坠落，湮没。两年来，蜉蝣在池塘的泥泞中保持着幼虫的生活习性，然后在它短暂的光辉时刻，于舞台上尽情舞蹈。

叶片是有呼吸孔的，可以让空气进入；叶子的生长需要依靠阳光和风。

散步的时候，我惊动了一只泽鸡，它垂着腿跳过水面，留下了涟漪。

大斑啄木鸟突然发出了叫声。有些鸟鸣会突然中止，这种啄木鸟从不唱一半停下来，因为它总是边飞边唱。

森林的地面色彩斑斓：蓝铃花开得正盛，独有的优雅与威仪；五叶银莲花低垂着头欣赏这幅画面。只有一朵五叶银莲花是直立的，花中的克努特[1]。

云杉和蓝铃花很难共存。因为蓝铃花只生长在能透光的树下，即便是落叶松和山毛榉也是可以透光的。我建议用"心旷神怡花"作为蓝铃类植物的统称。空气似乎蒙着一层淡紫色，我穿梭其中，还可以闻到清新的蜂蜜味。杰拉德·曼利·霍普金斯曾看着一朵蓝铃，直言唯有"主的美丽"可与之媲美。霍普金斯一向擅长造词，比如"上帝出离自己的自我表达"。

---

1 Canute，曾任英格兰、丹麦、挪威国王。据传他曾下令将椅子放在海边，命令海水不准打湿椅脚，以证明上帝才是大海的统治者，国王的权力只是很小的一部分。

一只斑尾林鸽在猪圈旁筑了窝。这只小鸽子到处惹事，我不由埋怨起它的父母，就像父亲看待即将安家的孩子一样。

　　在历史上，今天是人们庆祝五朔节的日子，把春天的绿色带到家里，仿佛是人类与自然共存的宣言。都铎王朝的古文物家约翰·斯托记载道："在5月1日，也就是五朔节的早晨，每个人都会前去欣赏清新的草地和翠绿的树林（除非居住地有不可抗的障碍），还有花朵的芬芳，鸟雀的争鸣，为自然之神送上赞歌。"

　　五朔节的庆祝活动带来了生机，比如树液开始分泌，等等。约1629年，一位无名诗人在《愉快的五朔节之歌》中写道：

　　　　知更鸟和画眉随之而来，
　　　　每处灌木丛都藏着乐符。
　　　　当鸟儿鸣唱着动人旋律
　　　　节日里姑娘被小伙抛起。

5月2日 树林传来一阵新的声音，是雨水打在成熟树叶上的声音；像是撒克逊战士敲击盾牌的声音。

5月3日 森林中的新景象。布谷鸟通常是隐居的，但在今天黎明时分，有一只布谷鸟在我头顶飞过，离我非常近，我甚至能看到它芦花纹的胸膛。它飞过山毛榉林时正在鸣叫（它们边飞边唱）。我在想：布谷鸟什么时候才能给英国发出报春的信号呢？ 20世纪80年代初以来，布谷鸟的数量减少了65%。

"布谷。布谷。"

5月4日 布谷鸟没有在林中停留。

但是，谢天谢地，黑顶莺来了，我瞬间认出了它标志性的叫声，像鹅卵石撞击的声音。但我找了找，却没有看到它的身影。

落叶松下面有一枚雉鸡的蛋，梨形，橄榄色，但被捕食者的喙钻了个洞。

晚上，空中掠过11只喧闹的黑雨燕：像是11把小弩。这些雨燕来自非洲，它们兴奋地迁回山鹬林了。欢迎回家。

树林里到处都是鸟儿。尤其是中空的或腐烂的树、挂着常春藤的树，几乎都住着蓝山雀、啄木鸟、苍头燕雀。

我把柔软的橡树叶收集起来，制成橡叶酒。橡树的叶子非常精致而华丽，和厚实坚硬的橡树皮十分协调。橡树和世间的美好事物一样，不仅精美，而且充满力量。

我曾在一本赠书上为儿子题词，称他是"英国橡树"。因为他还是婴儿的时候，85岁的曾曾祖母抱着他端详道："他可真结实，精壮精壮的。"他的曾曾祖母玛格丽特是一个手脚利落的农妇，也在农场里工作。所以她的眼光很准。

在鸟类聚居的地方，我发现5只小鹬鹬。

5月6日　今天我要去伦敦开会，所以早上4:30就开始忙活。查看牛羊的状况，给小羊一些"麦饼"（小麦浓缩饲料，主要是为了驯服它们）。将5袋"麦卷"（也是一种小麦浓缩饲料）装入路虎后驶向山鹬林，卸货，装满猪食槽。猪却哼哼唧唧，并不搭理我。

我看着手表。还有10分钟可以溜达（反正我不在乎是否迟到：在树林里游荡比任何事都重要），于是我走进了山鹬林。

树林中浸透了黎明的喜悦。灌木丛的轮廓在迷雾中若隐若现，给人无尽的想象空间：两脚站立的熊，猛扑状的老虎。

太阳升起，薄雾渐退；在一片朗明之中，树木因充足的光照生长得坚硬而稳固，令人心旷神怡。

傍晚，回家的路上，我又经过了山鹬林：此刻树木化为幻影，隐于无形。

5月7日　一个没能休息的假日。我参观了方霍普的纽本德树林。1973年，人们为了纪念A. W. 比奇博士募集了一笔资金，通过赫里福德郡和拉德诺郡野生动植物信托基金会购置了这处林地。

我从小就听说，纽本德树林为人们提供了优良的木材；这是一处优质林地的样本。

今天晴雨交加，我和潘妮沿着瓦伊山谷步入了针叶林深处。

　　不知从哪个派对上飘来的红色气球悬挂在树枝上，十分引人注目，和 J. M. W. 特纳的《海景》画中的红色浮标一样。

　　纽本德分布在石灰岩山脊的两侧。曾有采石场在部分林地作业，因此林地的地表有着繁复而美丽的裂纹。我上次看到这样的地面是在伊珀尔被战火洗礼过的 40 号山丘。对自然界来说，铁锹或炮弹有什么区别呢？

　　但这片古老林地的魅力不减分毫。这里的树种主要是榉树和橡树，山脊上还有巨大的红豆杉，传说是在洪水中幸存下来的。红豆杉和欧洲赤松是我们这里仅有的原生针叶树。可怜的杜松只能算是灌木。

　　我抚摸着红豆杉独有的光滑树干。指尖的触感，像是海洋中被水浸润的浮木。

　　可以说实话吗？有时候，身处林地可能会感到无聊，被重重的树木环绕，甚至引发幽闭恐惧。树木，全是树木！纽本德像一出戏剧般掀起了帷幕：高耸的橡树，林间草地上满是蓝铃草，乌鸫将冷杉当作尖塔，俯视山坡，看向瓦伊河。林地间萦绕着狐狸、菌类和蕨类植物的气息。

　　绿光闪耀之下，有几簇野草莓，恍若仙境。连苍白的黏土小路也散发着光芒，引人入胜。林地的泥土留下鹿蹄的形状。啄木鸟发出微弱的敲击声，在空旷而寂静的古老森林中回荡。这里生长着紫色兰花，这是一种远古植物。还有气味难闻的鸢尾花：我们在山路旁看到了它那剑兰般的叶子（剑兰的英文是 gladioli，古英语是 gladwyn，意为"剑"）。回望汽车经过的那条林间路，已深深嵌入石灰岩中，像破木板搭建的护墙。我将手指伸入灰色的岩石缝隙中，似乎触摸到了历史：那是两枚古老的海扇壳化石。

5月8日　山鹬林的黎明合唱团出场了。500年前的一篇民间经文记载："夏天，树林被照亮/叶子狭长而平阔/在茂密苍翠的林中/可以听见禽鸟的歌声。"

但是鸟为什么会唱歌？

乔治·奥威尔在《1984》中问了同样的问题。温斯顿和朱莉亚在家乡听到鸟儿歌唱时，有这样一段描写："那只鸟在为谁唱歌？没有队友，没有敌人，甚至没有观众。是什么让它坐在那孤独的树林边缘，将乐符注入虚无？……但从某种程度上讲，乐声的飘扬，驱散了他脑海中所有的疑虑。鸟儿的声音如液体一样倾倒在他身上，并与透过树叶的阳光交融在一起。他的大脑停滞了，徒留感官还在运作。"

是的，奥威尔是一位博物学家。他在《我为什么写作》中写道，最爱的事物从小就没变过，其中就包括"大地"。

奥威尔从不是位真正的社会主义者。他是保守的无政府主义者，他还给乔纳森·斯威夫特贴上了同样的标签。《1984》中就有类似证据：只有在党和城市社会主义无法触及的偏僻英国乡村，温斯顿和朱莉娅才能真正享有自由。

5月10日　下雨了。雨滴落在池塘上，划出螺旋的圆圈。一串串泡泡犹如仙境。雨滴带着节奏，发出微微的叮当声。茴芹渗出香气。

此时此刻的池塘，是一幅华丽而闪耀的洛可可油画。

我发现一枚破裂的野鸭蛋。微风轻拂水面，像是低沉的音乐。

5月11日　黎明合唱第二章：知更鸟起调，然后是乌鸫、歌鸫、棕柳莺、柳莺、林柳莺。它们和声后，我便无法区分开来。

那和声是如此契合。

艾米莉·狄金森："希望你也爱鸟儿们。这是很值得的。等同于去过天堂。"

温度上升，苍蝇孵化，像从冰中融化后复活一样。下午1点，天气已非常炎热，天空明亮而晴朗。蝴蝶也出来活动了：孔雀蝶、菜粉蝶、草地褐蝶纷纷起舞。一只绿色的盾蝽落在荨麻叶上，而一只黑蝇落在了我的纸上。

我有些吃惊，实际上是惊呆了。这简直就是仙境，阳光照耀在蓝铃草上，一切都染上了一层绿色调。

林中，一只旋木雀在阔叶柳上寻找同伴，来回飞过我的头顶，往返于塔楼里的巢。巢到底在哪里？我花了1个小时才找到。我从小就有一个爱好——收集鸟蛋。这需要耐心、技巧、观察力和时间。我发现了6枚白色鸟蛋，带着铁锈斑纹。

两只赤鸢飞过，树林间涌起一阵寒气。奇妙的是，当赤鸢飞过时，柳莺在柳林中唱歌。一只猫扑向泽鸡巢，我挥起一根棍子——还救起了一只雏鸡。

5月12日　旧历中的五朔节。林地不远处是克莱洛教区

（爬上山鹬林中的一棵树几乎就能眺望到），那里曾有一位弗朗西斯·基尔维特牧师，在他1870年的一篇日记中写道："今天晚上……我应该在门上放些辟邪的桦木条和花楸条，以避开'老巫婆'。但我懒得出门去买。希望老巫婆不会在晚上来。要是年轻的女巫，我还是很欢迎的。"

5月13日 黎明合唱团的第三章。

4:16，凌晨的天还没亮，远处山上的寒鸦开始出没。

4:19，可以听到窸窸窣窣的声音，山楂树间有一只知更鸟，终于唱出了一句完整的歌词。

4:22，乌鸫和斑尾林鸽开始迎接晨曦。

4:30，歌鸫、柳莺、黑顶莺出现了。

5:00，苍头燕雀、棕柳莺、大山雀和鹪鹩加入。乐声渐强。

草地上，平均每100亩地就有70对鸟儿在繁殖；而在林地，每400亩才有这么多。5月凌晨5点的树林，被鸟鸣淹没。

鸟儿的协奏曲渐弱，徒留一只斑尾林鸽，蓝铃在隐现的黎明中闪闪发光。

傍晚：桤木林中的棕柳莺，榛树林中的苍头燕雀。它们擅长的都是刺耳的双音符啼叫，很是恼人。

蓝铃是夜幕下幽灵般的舞者；一小簇一小簇的，走近后仍觉得遥远。有些花冠带着花粉。这就是自然的力量，生机盎然。

鹅卵石笼罩在光影之中。树木日渐粗壮。叶子还需要时间才能生长和舒展，就像蝴蝶的翅膀一样。5月，树的苍翠和天空的蔚蓝对比后更为鲜明；5月以后，当叶子颜色变暗，树林便不再野蛮生长。

连日的光照下，木耳有些萎缩。

池塘上方2英尺处布满了蚊蝇，密密麻麻，像是投币机中的硬币，简直令人毛骨悚然。

一只信心满满的秃鹰穿过树林，一口气袭击了四只野鸭。落叶松间有四只喜鹊，鬼鬼祟祟的。

5月14日　林叶愈加葱郁，林间温度下降：5月结束前，一走到树林，总会打个寒战。池塘边缘停留着一只橙色蝴蝶，就像这个季节的第一支剪秋罗。路旁玫瑰湾的柳草已经长到了1英尺高。芦苇的隐秘处传来泽鸡的叫声，尽管这只母鸡之前已经占据了池畔的荆棘丛作为她的巢穴。她与兔子们一起住在荆棘堡垒里。

淡淡的阳光照亮酸模的叶片，像透过皮肤一样，能看见动脉和静脉。

一阵风吹起，桤木林中传来一阵急促的歌鸫叫声。

5月15日　除桦树外，所有树木都在春日里华服加身，葱郁美丽；山楂树更是"满载而归"。难以想象一棵树要支撑多少枝叶的重量。

池边，蜉蝣一边振翅，一边交配。

银莲花凋零了，消失了，好像从没来过。

在橡树皮的裂缝中，我发现了红色的毛发，那是途经此处的牛群留下的。（不是夏天的有光泽的毛发，而是冬天里地毯似的粗糙绒毛。）一只大山雀也看见了，降落到树上。

5月17日　我经过优雅的甜栗木，那不仅仅是一棵树，也是林地的装饰物。随后，我走近威风凛凛的山毛榉，它们的气质很特别，带有东方主义和极简主义的风格。比起其他树，甚至橡树，山毛榉的存在感总是最强的。

悬铃木上滴着金黄的树液，香甜诱人，蜜蜂纷纷寻来。

5月18日　我坐在叉骨橡树的树阴下，树下是一个适合哲学思考的地方。不信的话，可以问问佛陀，或约翰·斯图尔特·科利斯："在鲜花的陪伴下，我们能够感到幸福。在树木的陪伴下，我们能够思考，它们为人创造了冥想的空间。树木是有智慧的。在世上，在稀疏的树林里背靠一棵树，没有比这更适合遐想的地方。"

我产生了一个想法：没有人会到树林里寻求快乐。（不，甚至连恋人都不会，他们想要的是隐私。在基恩的抒情诗中，树林是"只有我们知道的地方"。）树林是寂静的，是为人们提供庇护的地方。在树林里，唯一能够享有的是丰美的自然风光，质朴而悠远的静谧感，现在和过去的时间仿佛没有界限。

桦树上，啄木鸟缘木而上，它们天性如此，又或是因为祖祖辈辈都是这样生活的。在这里,在山鹬林中。

> 人可以从万物中感知自然:树林、田野、溪流
>
> 它们的生命是永恒的:在沉默中,它们
>
> 诉说着书本间无法寻见的幸福;
>
> 它们的生命也会消亡,会凋谢
>
> 会黯淡,也会带着绿意生活;
>
> 会枯萎,也会再次绽放。
>
> 诞生于天堂,永恒是它们的归宿,
>
> 在太阳和月亮的陪伴下
>
> 日夜交替,天空野阔。

——约翰·克莱尔

5月19日　剪秋罗绽放了,甜樱开出了白花。从奥科普山上看,山鹬林就像是布满了烟囱,浓烟滚滚。林间,甜樱的树干十分高大,与花园里常见的球茎有所不同。

葱绿的橡树顶很高。撰写原始神话的人认为,树木是连接土地和天空的纽带,这再确切不过了。树木从地面吸收水

分，从空气中吸收二氧化碳和阳光。

我砍了山楂树枝和榛树幼苗作为绵羊的饲料。一直以来人们都这样做，因此英国各地都有"春生林"。

野苹果树：华丽的树枝犹如伴娘优雅修长的手臂。野树总能顺应时节开花结果。

灿烂的晴日，明亮刺眼的阳光穿过深色的树冠。"裂光"（shivelights）是杰拉德·曼利·霍普金斯创造的新词，意为"穿过树木的锐利阳光"。

5月20日　驴蹄草，花儿落去，穗子逐渐形成，像是中世纪小丑帽的复刻版。

在一棵腐烂的橡树上，到了合适的时间（也就是落叶后），随着菌丝体的喷发，会形成丛生的帽状菌或橡树桩盖状菌。

5月21日　雨天，一只松鼠叼着另一只羽翼未丰的小松鼠俯冲到常春藤上。

风雨把椋树叶子打得粉碎，堆积成了浅滩，苍白的叶面上翻。雨水和风还拍打着池塘的水面，形成了浅浅的波浪。

5月23日　霍尔林传来一只布谷鸟的叫声，只有一声。声音停止后的静默却胜过任何语言。（在整个春天里，我只听到两只布谷鸟的叫声；一个世纪前，我的祖先能听到一百只的叫声。）还有人写信给《泰晤士报》称自己听到春天里第一只布谷鸟的叫声吗?

傍晚，我瞥见一群狐狸幼崽；它们的皮毛从棕色变为常见的红橙色，眼睛从蓝色变为黄色。现在，雌狐开始带它们在夜间狩猎了。到10月，它们就要独立开始成年生活了。

5月24日　斑点疆南星开花了，为森林舞台剧新添一幕。叶子上露出一枚绿色的帆，展开后里面是一条紫色的直穗。随着季节的推移，穗开始像肉类一样腐败，这种气味吸引着白蛉——一种小苍蝇，这对它们来说是美味的讯号。白蛉循着气味进入穗下的"壶"中，却被穗边的绒毛缠住。"壶"里有真正的雌雄花[1]。白蛉从"壶"的雄花中采集花粉，再将花粉带给雌花。最终，绒毛会干枯，白蛉会逃出，将花粉带到下一株斑点疆南星中。托马斯·哈代在《远离尘嚣》一书中将斑点疆南星描述为"孔雀石壁龛里赧怒的圣人"。

下午3点，沿着M4公路，我急匆匆地赶到马里波恩的达恩特，在一个书店接受小说家兼自然作家梅丽莎·哈里森的采访，店里人潮涌动。采访的开场很顺利，因为我们都没有把自己描述成一个"自然作家"，她认为这个词太宽泛，以至于失去了意义，而我认为自己更像是一个乡村作家。我说道："说起我所做的事，无他。一个在乡村工作的人，把那里的景色真实地呈现出来。"

5月25日　阳光使昆虫活跃起来；一只蚜虫降落在我身上。我打算拍扁它，但它又犯了什么错呢？让我感到有些痒吗？这似乎也不构成理由。

---

1 斑点疆南星俗名为lords and ladies。

植物长出茂密的枝叶，已经不见缝隙。山鹬林遍布着鸟鸣。

候鸟在英格兰所有的树林中选择了这里，为它带来欢乐。也给我带来了欢乐。

布谷鸟会大声鸣叫，在荨麻、荆棘和芦苇上，随处可见"小黄旗"的身影。

离开树林的路上，我检查了围场里的猪。

我靠在大门上，姿态十足的乡巴佬。猪的臀部和河马一样大，走路时后腿僵硬。一些野猪有着狡猾的眼神。此刻，我有了些和沃尔特·惠特曼相同的感受：

> 我想和动物一起生活，
>
> 它们是如此安静和独立，
>
> 我站着，久久地注视。

5月26日 昨天，我带着六头无角红牛走到橡树林附近，一方面是为了让牛"修剪枝条"，另一方面是为了让它们到林地小便。如何增加树林中无脊椎动物的数量？送牛群进来。

今晚，一只林柳莺从橡树林中的栖木上飞下来，试图捕捉一只从牛粪里爬出来的小虫。山鹬林有两对林柳莺，都在橡树林里。

维多利亚时代的博物学家 W. H. 赫德森是这样形容树叶中林柳莺那颤动的声音的："悠长而深情。在森林中独一无二。"林柳莺的颜色比其他叶莺更绿，喙呈鲜黄色。

5月28日　　下午6点。阳光灿烂。在雀鹰的栖木上（一棵断裂的云杉，5英尺高），树状底座周围有一条完美的"圆形项链"，是蓝山雀的羽毛。

抬头望去，葱郁的树叶形成了自己的图斑：白桦树令人目眩，橡树则是斑斑驳驳的。要欣赏这些图斑，你须躺在树下，仰望天空。

我坐在椅子上。松鼠唧唧叫，立着尾巴，轻掸着尾巴尖儿，像愠怒的猫咪。我似乎挡住了它的路，它不得不绕了很长一段路。

一只林鼠四处乱爬。作家BB认为，老鼠看起来像侏儒，将这两个物种的脚放在一起比较你就知道了。他说的有些道理。

山楂花：西侧有些腐朽斑驳，东侧却如露水般清新。

桤树上有一只啄木鸟，柏树上有一只金冠戴菊，后者的声音非常响亮。这里生长着许多青樱桃。哦，暮色中满是温柔慵懒的气息。

5 月 29 日　橡树苹果日，又称皇家橡树日、树棚日——为了纪念查理二世的正式复辟，也为了纪念 1651 年伍斯特战役后博斯科贝尔庄园那棵供他藏身的橡树——因此，"皇家橡树"成了随处可见的酒馆名称。橡树苹果日在保王党所在的西部地区很受欢迎（除了我母亲一家，他们都是克伦威尔骑兵）。孩子们的衣领上别着橡树叶或橡树苹果。任何不佩戴的人都可能被踢打甚至被麻绳抽打。随着时间的推移，这一天变成了自由无拘的日子，确实是保王党的风格。

蓝色紫罗兰是国王查理二世最喜欢的零食之一，油炸后加糖和柠檬一起吃。紫罗兰今天开花了，他会很高兴吧。乡下人将这种花称作"蓝老鼠"，因为紫罗兰的花朵总是在春天的绿叶下羞答答地偷瞄外面的世界。

鳞毛蕨（male fern，这是它的名字，不是指性别）越来越高了。丛生的叶子茂密高大，像一眼绿色的喷泉。

　　蕨类是史前的丛林植被。躺在蕨草丛里，或许能够看到恐龙。

　　山鹬林中还有马尾蕨，在细毛刷和塑料刷发明前，所有人都用这种蕨草来洗碗。

　　5月30日　　我想，随着夏季的到来，鸟鸣已经开始减少了。一只柳莺停在橡树枝上，发出轻软的叫声，喙边还带着小虫的残渣，等我走过时，它便会飞回荆棘丛间的拱形巢里。黑顶莺也在荆棘丛里筑巢，但位置要高一些，它们会发出嗒嗒的叫声。

　　潮湿的林地小径旁，黄色的琉璃繁缕已经长出来了。

June

6月　仲夏夜

07

接骨木花，森林的夏之花——渐渐消失的池塘——树林是什么？——藻类——树的起源——"树干草"——树之诗——毛地黄

6月1日　黎明时分，池塘平阔而闪耀，白桦倒映在水面上，就像纸牌杰克和他的镜像。泽鸡去哪儿了？都被邻居家的猫掳走了。多希望我能像哨兵一般，再警惕一些就好了。

午后，温暖的阳光从云中探出来，四处弥漫着接骨木花的麝香气息。英国的夏天以接骨木开花为标志，到它结出浆果为止。

从接骨木花上采集露水，再用来洗浴，据说可以保持年轻美貌，而接骨木花的调和物至今仍被应用于高档洁肤产品：接骨木花之水（Eau de Sureau）。直到今天，《英国药典》中仍列有一种接骨木花收敛水，可作为眼部和皮肤损伤的护理洗剂。

此外，接骨木花也可以制作夏日的经典饮品，接骨木花露。但我更喜欢制成接骨木花香槟，这种饮品中的气泡甚至能够精准重现花蕊的形态。

接骨木花香槟

配料：

8大朵接骨木花

4.5升冷水

¼杯野玫瑰花瓣（如果有的话）

2颗未打蜡的柠檬，切片备用

2匙苹果醋

750克白糖

香槟酒酵母

一些干净的塑料矿泉水瓶

采摘幼花最好是在早晨，那时的花瓣还带着浓郁的香蕉气息。把花瓣上的昆虫抖掉。花朵采摘后保存不了太久，所以得尽快带回家，在厨房里将细小的花茎"叉开"（分离）。因为花茎是苦的，会破坏酒的风味。如果能找到野玫瑰花瓣酿入香槟，会增添淡粉的色泽和淡淡的花香。

把4.5升的水、接骨木花、野玫瑰花瓣、柠檬片和苹果醋一起放入一口大炖锅。加入糖,搅拌至溶解。洒上香槟酵母。盖上盖子,静置24小时,中途记得用木勺搅拌两次。

用凉水壶将液体过筛,随后灌入塑料饮料瓶。瓶盖无须拧紧,存放时避免阳光直射。在接下来的两周里,香槟会发酵。当发酵停止后,拧紧瓶盖,存放在凉爽的地方。留出一两天的时间来积聚气泡,然后香槟就可以喝了——喝前记得冷藏一下。这样的香槟酒可以保存数月,但会随着时间逐渐蒸发,酒精含量也会升高。

使用塑料瓶可以避免意外事故。曾有香槟酒厂在生产接骨木花香槟时,玻璃瓶在发酵过程中因压力上升而发生爆炸。而使用塑料瓶,只需迅速挤压一下即可检测瓶内压力。如果压力太大,可以轻轻地拧下瓶盖,待气体咝咝作响后,重新拧紧瓶盖。

6月4日 一天结束了,蜜蜂在树上嗡嗡作响;周围只有微弱的闪光,亮度类似荧光灯。

有一只老鼠穿过荆棘，干树叶让它的跳跃轻松了许多。

蚊子，数不清的蚊子。

鸟儿在自己的领地歌唱，无疑是为了宣告主权。我唱，所以我存在。乌鸫是最顶尖的歌唱家，此刻竟有些走调，有点像庞奇和朱迪[1]嘈杂的打闹声。

有件怪事：雀鹰窝附近散落着斑纹羽毛；雀鹰被杀了，然后毛被拔了下来。是狐狸吗？

或许是在某天夜里，树林周围的山丘被浓雾笼罩，惨案就这样发生了。

芦苇开出黄色的花，颠茄也长出来了。

6月5日 积云；公雉鸡、母雉鸡和两只小鸡在围场里闲逛，尽情地吃着猪食，好像它们是这里的主人似的。成熟的红樱桃从树上落下，我把它们捡起来，这些落下的樱桃其实是松鼠和小鸟吃剩的。即使我有伸缩梯，还是够不到最高处那些最诱人的樱桃。

1《庞奇和朱迪》：英国传统木偶剧，主人公庞奇总和妻子朱迪打闹。

樱桃的红色充满诱惑，像好莱坞女星的红唇。

6月6日　池塘里，风吹草动都会带来恐慌。微风中，绿头鸭起飞，准备升空。远处的芦苇丛中，泽鸡蹒跚而行，露出白色的尾巴。

也难怪闻声的水鸟会惊慌失措。我开着一辆小型久保田挖掘机来到池塘附近，车前的装卸机叮当作响。工业革命的产物和刺耳的噪声，就这样被我带到了动物们的世外伊甸园。

我关掉了挖掘机的引擎。雨滴像手指般轻敲着车顶，滴进驾驶室的侧门里。

池塘的水面上，雨循环播放着。聚集的雨滴从树上滴下，在水面上形成气泡，然后爆裂。

绿色的芦苇像一扇安全门，泽鸡破门扑来。她的叫声听上去像嘴里含满了水。泽鸡的命名有误。这种鸟与沼泽无关，倒是和池塘有关。泽鸡给池塘带去了双倍的生机。池塘若没有泽鸡，就像电视屏幕没有画面。

雨下得更大了，水面发出奇怪的嗡嗡声。6月的暴雨中，池塘变成了一个黑色的焦油坑。

闷热的6月，天气如此潮湿。

这一年的仲夏，鸟儿愈发静默，但今天中午，鸟儿开始歌唱。有柳莺、棕柳莺、乌鸫。

我又一次瞥见了在东岸草地上奔跑的泽鸡。她红红的喙，黄瘦的腿，大码的鞋，看上去很可笑，像一个拿着妈妈的化妆盒和衣物的女孩。泽鸡消失在荆棘堡垒附近，她的巢应该就在那里。荆棘丛也被兔子占了一部分。有时，泽鸡对兔子很是不满。

榛树林里，一只苍头燕雀飞来飞去，给张嘴的幼鸟喂食。喂的有白虫子，也有绿虫子。

挖掘机驾驶座下方是一丛丛灯心草，弯曲的叶片上还散落着雨点，泛着岩石般的银白光泽。尽情闪耀吧，你这美丽的钻石。

丹尼斯·沃特金斯-皮奇福德曾写道："对我来说，池塘和房子一样重要。"我也有相同的观点。如果房子周围没有水池，我就自己造。在村舍的花园里建一座贝尔法斯特式瓷水池，会给人带来一种难以言喻的喜悦。

我们现在能看到的水池多是工业成品，占地面积约1/3英亩，可以用作鱼池或饮牛场。值得注意的是，直到20世纪60年代，由于当时不存在化肥和农药污染，几乎所有池塘都可以作为鱼塘，水中随处可见鳗鱼、梭鱼和鳟鱼，甚至还能看到肥硕的阿伯特鲤鱼在池塘里穿梭。但在最近的几十年里，池塘的主要功能变成了为牲畜提供饮用水。

林中的池塘在渐渐消失，池中满是水沟的淤泥和树木的叶子。如果不想眼见着池塘消失，还是需要花点工夫。

雨突然停了。池塘每小时、每分钟都在变化。现在的水面像是一块平静的玻璃，只有偶尔拂过的暖风留下点点涟漪。有昆虫从阴暗处爬出来。我看到芦苇上方盘旋着一只蓝豆娘，它是蜻蜓的亲戚，也是一种古老的昆虫，曾栖居在恐龙生活过的土地上。豆娘是最古老的昆虫之一；人们曾在煤矿地层中发现过巨大的蜻蜓化石，生活在石炭纪的沼泽中，翼展超过27英寸。

豆娘轻轻摇曳着，远去了，留下短短一条霓虹灯似的身影。

空气中弥漫着茴芹的气息。千屈菜在炎热的天气下有些萎靡。此刻的林地，天堂般静谧。

池塘也恢复了最初的宁静与禅意。

那只成年的苍头燕雀仍忙个不停。他身上透露出新教徒的虔诚和勤勉。我也应该开始工作了。我之所以开挖掘机过来，是因为一棵松树倒在了池塘中，刚好堵住了出水口。我得把这棵树挪开。我启动了引擎。

十多分钟就搞定了。我凝视着池塘，仿佛口干舌燥时恰有一股甘泉灌入喉咙。

6月8日 接连两天的风雨，树枝断落一地，鸣鸟释放出炸裂般的歌声，刺耳得犹如一百根湿手指同时在玻璃上来回摩擦。

我循着一只大山雀的飞行轨迹，来到它的巢里，那是溪谷中的一棵榆树残骸，高高的树杈上有一个洞。

我在路上还遇到了一只刺猬：我摘下帽子，打了个招呼。

6月10日 傍晚，盘旋的雨燕搅动着空气中的接骨木花香。温暖的大地迎接了一场雨。林间的空地上长满了紫罗兰。

6月11日 荆棘丛开花了。林间，我和动物都躲在阴暗处避雨，比如布满矮枝的石窟里。

6月13日 高高的蓝天，一群堆叠的燕群，像是一架架飞机：那是一群毛脚燕，上面还有几只雨燕。

观鸟的乐趣之一，就是让我们抬起头，任思绪飞散。

6月14日 风很大，柳树舞动起百万条细纱。

剪了一会儿羊毛，我歇息了半小时，剪羊毛真是劳作中最难、最伤脑筋的。

我坐在椅子上：被20世纪70年代的熔岩灯吸引住了目光，灯上有一些灰尘和小疙瘩，上面还长着苔藓。

6月15日 池塘上空，赤鸢在水面投下倒影。我思绪飘荡：树林是什么？树的内部是木质部，遍布的管道把水和溶解的矿物质从根部输送到叶片。对于阔叶植物，大部分木质部的管道是一直开放的，但针叶树不同，管道被多孔的板状结构阻断；另一种传导组织则构成了韧皮部：一串串细胞将光合作用的产物从叶子输送到植物的外部或者下端。韧皮部的组织分布在植物表面。所有的韧皮部构成一个圆筒，中间是实心柱状的木质部。

池塘表面布满藻类，即便是树木爱好者，也会忍不住抱怨两句。

大约4.5亿年前，藻类植物首次从海洋冒险登陆。在志留纪晚期，这些含有叶绿体的真核细胞中诞生了第一批"维管植物"——具有管道系统的植物。这些早期的维管植物产生了木质素，能使细胞壁硬化（没有木质素的植物被称为"草本植物"）。木质素可以将细腻的纤维素转化为木材。公式：树=植物结构+木质素。第一批树出现在大约3.6亿年前的石炭纪时期。

池塘里的绿藻，俯瞰大地的树林，过去和现在并肩而立。

树林的叶片变成了深绿色，是时候做"树干草"了。

以下是制作树干草的记录。

过去，欧洲盛行收集树叶来喂养牲畜，通常是从待修剪的树枝上采集，这是农业生产的一个环节。有证据表明，这种做法早于草地干草的制作，这意味着树干草的制作已有3000年的历史。

与草地干草一样，树叶饲料或树干草也易于储存，以便在冬季喂养牲畜；农场牲畜的食物非常缺乏，通常每五只动物中就有一只无法过冬，幸存下来的也往往十分虚弱，需要被抬到牧场上去。这时，树干草就可以发挥作用了。此外，树干草在干旱时期也很重要；树木具有较深的根系，周围寄生着各类真菌，可以获得水分和养分，即便草地干枯时，树也可以生出绿叶。更重要的是，因为树叶具有约用价值，牲畜会在需要的时候食用特定的树叶。

树干草的主要材料是落叶乔木与灌木的枝干和嫩枝，人们会切割、折断、收集叶片茂密的部分。林地里没有残枝可拾，所以我修剪了榛树、山毛榉、阔叶柳、山楂、黑刺李、榆树的下端枝叶，又在树和灌木的树枝截面处涂上了白漆；我修剪的是20英尺以下的枝叶，因为我确信没有鸟会在低于那个高度的位置筑巢。

制作干草也是农活。我用的是长柄镰刀或长柄修剪器，修剪枝叶的时候会把苍蝇和其他飞虫也带下来，人类的汗液对它们充满诱惑，让它们忍不住钻进衣服咬一口，于是我的脖子上留下了一圈闪亮的小疱。

林地中的昆虫学家会用"捕虫盘"来收集和研究无脊椎动物。那是一块结实的浅色绷布，比如印花棉布。

我穿的这件白衬衫做捕虫盘也不错，因为上面爬满了毛虫、蚜虫、苍蝇、蜘蛛。

半天的时间可以采伐约一吨树干草。采伐完毕后，我又花了半天时间把它们装进福格森拖拉机的拖车里。运回家里的谷仓后，我用打捆机把树枝捆牢，堆在四英尺深的谷仓角落。

去年的干草还有一些很新鲜，质量很好。

托马斯·图瑟（1524—1580）是一位英国农民，也是诗歌《好农场的500要义》（*Five Hundred Points of Good Husbandry*）的作者，他建议砍伐"各种各样的树木"，但梣树、橡树和榆树（在大批量消亡之前）是树干草的首选品种。定期修剪榆树，可以避免树皮生长得过厚，这样一来不易寄生蛀虫，也就是说，在榆树比较低矮和幼小的时候进行修剪、做成树干草，有助于保护榆树。

树可以用作饲料这件事，人们几乎忘干净了。实际上，我所接触的一些牧场主笃信宗教传统，认为牛羊最好远离树篱和狭长的林道，更不用说一片像样的森林了。

当然，他们也有自己的道理。如今农场里的动物，如果让它们去林地觅食，它们一定会头昏眼花，尤其是西门塔尔牛或特塞尔绵羊这样的品种。但在古时候，树是它们祖先必不可少的食物来源。

6月17日　烈日当空，这样的日子里在树林里工作，站在高大的橡树、山毛榉旁，我们渺小到不可思议。

又是收集树干草的一天。这份工作很辛苦，皮革手套被汗水浸湿，不停地滑落。

昆虫：它们嗡嗡地飞散，像是有喷气式飞机或是F1赛车在我头顶驶过。

数不清的飞虫：食蚜蝇、豆娘、蜉蝣、蚜虫、黑蝇。

我又获得了半吨树干草。

最美妙的瞬间：我经过树和灌木，星星点点的碎片落了一身；一只迷路的黑顶莺温柔地落在我身上。

在那一刻，疲惫感消散，一切都值得了。

和你干起活儿时一样，我有点失神，所以今天剩下的时间里，我都像是隔着玻璃观察一个个标本：蛞蝓吃掉了一朵马勃菌，钻进了南瓜灯；树枝发出了反常的摩擦声，原来是

跳窜的松鼠；湿漉漉的梧桐叶；栅栏边新长出了牛蒡，去年
还没有，应该是猪播下的种子；四块泛蓝的兔毛；蓝铃花还
在萌芽；今年没有看到松鸦，我有些失望，它们是林地不可
或缺的存在（穿过冬天的松树林，我喜欢听松鸦的叫声）；
樱桃树顶上传来喜鹊的咯咯声；云杉下，一只狐狸蜷在树枝
碎屑上，红色的一小团，像一只沮丧的小狗。我之前见过他。

　　附近有几只斑点树蝶。这是一种少见的蝴蝶，因为它们
可以选择像毛毛虫或蛹一样过冬。雄蝶有着强烈的领土占有
欲，在其草皮领地上的任何风吹草动，都会迅速唤醒他们：这
个时候，他们会在树林的下层开战，直到把闯入者扑腾走。

　　6月18日　新消息：泽鸡已经搬到岛上，它们把桤木底
部的树枝作为侧滑道，成功抵达水对岸。

　　白桦的斑纹和附近那5只黇鹿很像。我以前从未意识到，
鹿背上的白色斑纹是它们的伪装。不巧，有一只虻过来叮我，
我本能地扇了一巴掌，鹿就这样消失在雾气中。

　　在中世纪，桦树被认为是幸运树。牲畜的脖子上挂着用
桦木雕刻的十字架，用来抵御恶魔的妖法。

6月19日 林地边：蕨类植物，荆棘，青草，鲜花，无边无际的玫瑰，金银花。林地与边界之间十分清晰；一个人可以像孩子一般进出这两个世界。没有模糊的边缘，只有纯粹的光明与黑暗。

朝加威山走去，我听到一声雄亮的孔雀啼叫，仿佛来自另一个世纪。

金银花沐浴在田野间的阳光下，顺时针缠绕在榛树上，树枝有些变形。路边已经长出了千屈菜；桦树间跳出一只喜鹊，向上窥视，图谋不轨，他是树林里的捣蛋鬼。

一棵孤独的桦树轻轻摇曳着树枝，不知是因为它病了，还是象征着生机勃勃。

晚上7点21分：一只雨燕"嗖地"从我头上掠过，像一支疾驰而过的箭。

6月21日 仲夏的午夜，树林里传来鸟儿的叫声。

老布朗，那只茶色猫头鹰，断断续续地叫着。

一只雉鸡被惊醒，接着又开始打瞌睡了。

还有一只柳莺。

知更鸟是夜里的最佳歌唱家，此刻在银桦树上为我唱小夜曲。

破晓时分。乌鸫、鸲鹠、寒鸦出现。

喋喋不休的一晚。

飞蛾在脸前乱飞。

醒着的，睡着的。

黎明前，獾悠闲地走到池塘边，乌龟也伸出头来，在水里打转儿。活动时，獾的动作凌乱又粗鲁；休息时，他们就化身成狡猾的表现主义艺术家。

三英尺高的芦苇丛中，泽鸡嘲笑着这位"泰迪先生"。

写给树的诗

满眼葱茏的树，

更衬旧英格兰的巍峨，

太阳下，却没有什么树

比橡树、桦树、荆棘更为苍翠。

来，为橡树、桦树和荆棘欢歌，

（欢唱着度过仲夏的清晨！）

我们歌唱的绝非凡小，

为橡树、桦树和荆棘欢歌！

黏土中的橡树，已度几载春秋

甚至早于《埃涅阿斯[1]记》。

沃土中的桦树，是英格兰的千金，

那时的干香槟[2]还无人问津

丘陵之上的荆棘，见证特洛伊新镇的兴起

（也就是后来的伦敦）；

亲历春秋冬夏，历史变迁

为橡树、桦树和荆棘欢歌！

教堂墓地的红豆杉，几分苍劲

像是深鞠了一躬。

柜木制鞋，

山毛榉制杯，都是明智之选。

---

1 埃涅阿斯: 维吉尔史诗《埃涅阿斯记》中的主人公，特洛伊陷落后，背父携子
逃出火城，到达意大利，据说其后代在那里建立了罗马。
2 brut，法语意为"天然干"，酒中的残留糖分很低，尝不出甜味来，天然干是当
今最流行的香槟风格。

捕杀完猎物，将水一饮而尽，

鞋子也破旧不堪，

必须重新动手制作，

为橡树、桲树和荆棘欢歌！

老榆树憎恨人类，于是蛰伏着

直到狂风平息，

把一根树枝砸在人的头上

那人原以为树阴是安栖之地。

不管那人是清醒还是悲伤，

或沉浸在酒瓶的醇香，

当他躺下身时候，一切都完满了

他躺在橡树、桲树和荆棘下！

哦，别告诉神父我们的困境，

或许他会称之为罪过；

但我们整晚都在林中，

美妙的夏日时光！

我们带来口口相传的好消息——

对牛和玉米来说是好消息——

太阳从南方升起，

照亮了橡树、桉树和荆棘！

一起来歌唱橡树、桉树和荆棘，

（就在这仲夏的清晨！）

末日审判等待着英格兰，

等待着橡树、桉树和荆棘！

——鲁德亚德·吉卜林

6月24日　奇怪的一天：一条草蛇游过池塘，像S形的鞭子。他在内河游着，翠绿的皮肤带着异国情调，更像是来自热带地区，或是某个陈列柜。但当他游到芦苇丛中时，你会发现他和四周融为了一体。

人类还是不适应蛇的，它们总是令人生厌。

一滴金色的树脂从一棵松树上渗出。落叶松旁是一株漂亮的毛地黄，也是蜜蜂们眼中的最新好友。

毛地黄是毒性最大的植物之一，但其叶片中含有的一种物质是治疗心脏病最知名且最广泛使用的药物之一：洋地黄

（digitalis）。18世纪，什罗普郡的威廉·威瑟灵发现民间会使用毛地黄茶治疗水肿（水肿会导致身体组织和体腔中积聚大量液体），他猜测毛地黄可能有更广泛的医学用途。到了1799年，也是威瑟灵去世的那一年，毛地黄被认为是治疗心脏病的重要成分。在埃德巴斯顿老教堂，威瑟宁的墓碑上刻着一株毛地黄。

着实是奇怪的一天。9点，影子很长，田野从内向外发着光，像80年代我念书时宿舍的纸灯笼。

最后，太阳从世界的边缘消逝。

树林中渗出金银花的气味，芬芳宜人。

金银花因其花冠中的甜花蜜而得名，这使它们吮吸起来十分美味。塞缪尔·皮普斯称之为"喇叭花"，其"象牙色的喇叭花中吹出的是香气而不是声音"。在维多利亚时代的花语里，金银花代表着慷慨和奉献的感情。

6月26日　从小路上隐约可见我们的树林：一排泛绿的积云，还有远远望去的山丘。橡树在蘑菇状的绿云中显得有些膨胀；橡树需要光，生长成球状是捕捉光线最高效的方法。

6 月 28 日 夏风拂过，数以百万的云杉树针发出簌簌的声响。

榛子被包裹在叶荚中，叶荚的形状犹如摄政时期的女式礼帽。还有一处奇观：榛树上有毛毛虫。但榛树本不是毛毛虫幼虫的食物。我秉持着科学精神，求真务实，把两只毛毛虫和一把榛树叶拿回家，放进果酱罐子里。用一张纸封口，还刺了几个气孔。

我特此证明，毛毛虫是吃榛树叶的。

6 月 29 日 雨季，雨水愈发丰沛。雨云像把斧子，架在树的脖子上。

我的那堆破败的圆木桩已经成为甲虫的栖息地，仿佛被撕裂开，内部像烟草一样呈腐烂状。谁是罪魁祸首？一只獾。

仲夏，山毛榉上已结出坚果；果壳看上去像是布满胡茬儿的下颌；悬铃木的种子挂在"马蹄铁"里；海棠已有浆果大小。

我用指甲掐开一颗蓝铃花种穗：

每穗平均有50粒种子；每株有8穗。所以，每株蓝铃都有400粒能够进行繁殖的种子。这个数字还要乘以蓝铃花的数量。人啊，无时无刻不感叹于大自然生生不息的热望。

雨冲刷开池塘边的落叶，小蘑菇、灰平菇冒了出来，像一小支护林军。

6月30日　轻装信步，又到山鹬林，为了收集最后一批树干草。

旋木雀的嘴里叼着些长腿昆虫。

我放下钩镰，偷偷往她窝里看，窝里剩了一条虫腿；幼鸟们还没睁眼，身上光秃秃的，没有羽毛，挺丑的。它们在盼望。只有杀死一些小虫，它们自己才能活下去。

这就是自然的法则。

July

7月　绿林之中

橡树顶上的生活——卷叶蛾毛虫——橡果虫瘿——绿林中的罗宾汉——昆虫活动时间——金银花的自然香氛——林夜——蛾子——林鸟休歌——哪种树是最好的避雨处？——红杉，善良的巨人——林中居民之眼——捕杀松鼠

7月3日　据说有400多种昆虫依赖橡树生存。我毫不怀疑这个说法。

叉骨橡树离地25英尺，我跨坐在弯曲的树枝上。很稳。

我像一个坐在帆船上乌鸦窝里的水手，漂在茫茫大海中。你无法真正认识一片树林，除非你待在树冠上俯视下去，或是站在地面向上仰望，或是躲在树后透过鹿的视线去观望……

垂直的世界，向下延伸的景色。如果生活在树顶的高度

呢；那看到的树林就是三维的，而不是像田野一样的平面。

我的手还算灵活，成功爬上了树，这可能是我们祖先进化出的能力，毕竟他们在树上生活了8000万年。

有一滴像焦油的东西落在我脸上，我蹲在了树枝上，晃下了几条毛毛虫，它们像雨点一样落在我腿上。绿色的橡树卷叶蛾毛虫会"翻筋斗"——它们的移动方式是弓起背，将尾巴向前推进到头部。我把它们从牛仔裤上赶下去，扔下了地面，但它们并没有坠落，而是像蜘蛛侠一样迅速旋出一条丝线。一会儿之后，二十多条毛毛虫挂在丝线上，开始向上爬。真是无法摆脱。

我脸上的黑焦油斑点越来越多了。我现在知道那是什么了，那是"虫粪"，也就是毛毛虫的排泄物。我头顶的叶子上布满了毛毛虫。我原以为是高处的微风吹拂叶子发出的噬噬声，实际上是数百万条毛毛虫进食和排便的声音。

在英国，每年昆虫会吃掉橡树约半数的叶子，有时光是毛毛虫就能耗光春天所有的树叶，因此，橡树在5月和6月会第二次开花，这就是所谓的"收获节的生长"["收获节"（Lammas）这个说法不太对，Lammas原本是指8月1日的基督教节日"面包弥撒节"]。

20世纪上半叶，英国乡村走向成熟，橡树经历了几个世纪的风霜，开始走向暮年。正如风景历史学家奥利弗·拉克姆指出的，一棵500年树龄的橡树可以构成一个完整的生态系统；这是1万棵200年树龄的橡树都不可比拟的。我们需要树木老一点，再老一点。

两次世界大战以来，约有1/3的古老硬木林被砍伐，或被用来建造房屋、道路和商店。

叉骨橡树较低的树枝上有几颗橡果，那其实是由一种小型瘿蜂引发的虫瘿。

如果有黄蜂在橡树树叶或树枝上产卵，橡树会产生一种化学物质，在卵周围形成保护结构。这种汁液呈黄褐色，凝固后像硬实的坚果，很难破开，除非用石头砸。虫瘿内部有一个厚厚的蜂巢环，中央的洞里是一枚果核，里面是一只幼虫，也是被归化的梦魇。

7月4日　黎明时分，我们越过苏格兰边界，就像古时候

的偷袭者一样。托尔金笔下的虚幻世界坎布里亚常年没有光
照，直到彭里斯，才能看见充满力量的光线将云和山丘分开，
阳光下的山丘舒展为陡峭起伏的绿色田野。

　　我的女儿弗雷达醒了，由身体内的生物钟控制。湖泊是
她最喜欢的风景之一。"我想，"她忧郁地说，"这就是大多
数人看到的乡村景色。从汽车或火车的窗户里看到的。"

　　在兰开夏郡，她又睡着了。我用萨博的CD播放机放着
杀手乐队的歌曲。嘿，虽然是中年摇滚乐，但能让我精神振奋。
悠悠的怀伊河边，离家约有20英里，我们行驶在M50公路上，
她这才睁开眼睛。她无缝衔接地说起5个小时前的话题："当
然了，人们很难看到，要花多少工夫才能让乡村景色变得如
此美丽。"

　　车停在家里的院子，她说："我喜欢我们的公路旅行。"
这是一条有趣又可爱的评价，毕竟我为她扮演了一整天出租
车司机，几乎独自撑完了18小时的往返旅行。

　　她进屋整理行李，打算和康沃尔的朋友们一起去度假。
我则开车去山鹬林。

　　赫里福德郡的盛夏。山鹬林的橡树丛中，鸽子发出睡意
蒙眬的叫声。柏油路上，一堆马粪上冒着银色小苍蝇。

　　检查完小麦后，我走进了熟悉的树林。夏天的黑暗和炎

热令人窒息。在树林里，这是最亮也最暗的季节。

树林和全世界似乎都屏住了呼吸，我想起了约翰·克莱尔的诗句："微风散去，无精打采的树枝／现在，没有一片叶子在跳舞。"

这是一年中最热的时候，已到达了顶峰。

古历书中，天狼星所在的日期被称为"伏日"。或许是因为高温让狗狗们喘不过气来，就像我身处的黑色"密室"。

我试着计算，去年一年的时间里，我在树林里工作了多少小时。200？然后是前年，大前年，还有那之前。在我之前，又有多少人在此辛苦工作呢？

我一时无法算清，多少人在此工作了多久，才使乡村看起来如此美丽。

7月7日　一棵山毛榉下，树阴恰好够一人乘凉。思及绿林里的罗宾汉，一定是夏天的树林；因为冬天树林里的罗宾汉只会感到饥寒交迫。历史记忆里的罗宾汉，只存在于夏季绿林中，一个充满希望的地方，他在那里劫富济贫。

他喜欢和我躺在绿林，

他的音符悠扬又轻盈

直到小鸟的歌声传来，

唱着过来，过来，过来：

他会看到这里

再无仇敌

但有寒冬和恶劣的天气。

他是有野心的人，

喜欢活在太阳下，

喜欢自己寻找食物，

什么都不挑剔，

过来，过来，过来：

他会看到这里

再无仇敌

但有寒冬和恶劣的天气。

——莎士比亚，《皆大欢喜》

　　我看到野樱桃树下满地狼藉，因为山鹬林里住着几只松鼠，它们把樱桃和小树枝撞落了。

不过六只太多了。必须得做点什么。

7 月 10 日　走进绿林，去看林间空地，到处都是毛茛、三叶草、牛眼雏菊，黄色、红色、白色，连成一片。我在思考什么时候让牛群来吃草。答案是：再等等吧。我要等到牛眼雏菊（又名"太阳雏菊"，因其欢快而明亮的黄色花蕊而得名）落种的时节，牛群的踩踏将帮助牛眼雏菊播种。

清晨被染上了鲜红色，因为狐狸留下了半只兔子。地面上有几颗骨白色的樱桃核，已经经过了鸟类的消化系统。

晚上，我来到树林，只有 5 分钟的"独处时间"来休息一下，接着就要整理干草。但我失策了，因为我穿着一条短裤。现在是晚上 8 点，正是昆虫活动的时间，我的腿就像赫里福德郡土话说的"被咬了个底朝天"。

7 月 11 日　树篱间的树叶看起来无精打采的。峨参已褪成黄褐色。歌鸫正在孵化第二窝幼鸟。

放松下来，晚上是细品金银花香气的最佳时刻，因为野生金银花和其他植物一样，需要一点湿气才能释放香气。

森林的夜：可以听见老布朗的叫声；兔子来到洞穴入口嗅了嗅，确认安全后变得大胆起来。

太阳落在世界的边缘之下，所有人都入睡了，黑暗中的橡树间有星星在闪烁，这片土地是多么令人快意啊。

就像每一个盛夏，飞蛾扑火而来。蕨类植物是不会开花的，农民对此总是感到困惑，于是他们相信这种植物有隐形的种子。如果蕨类植物不通过花粉繁殖，人们只能相信授粉的器官是隐形的。

7月12日　进入盛夏的树林，就像进入一个教区的教堂；同样的古雅和寂静，同样的忽明忽暗又毛骨悚然的光线，同样的腐木气息。

当然，反过来说，走进教区就像进入树林一样。英国哥特式教堂的建筑师或许就是从树林中汲取的灵感。看那棵阔叶树，有一根很沉的枝干，在与树干相连的地方，你会看到一处支撑的枕梁。那是树木的梁托。许多建筑是模仿树木搭建的，站在高高的橡树下，就像站在一座教堂的正厅里。

早期的新教徒，如罗拉德派，会在树下举行礼拜，并把树林作为他们的讲坛。

7月13日 今早，一只雨燕在半空中遭到一只麻雀的袭击。因为天气潮湿，雨燕低飞。如果把燕子和毛脚燕比作人，它们就是快乐的邻居俩，雨燕则是精壮剽悍的远亲。

正午的树林里：我在割干草的间隙，观赏着雨燕。雨燕只会出现在池塘边和橡树上，也就是牛群所在的地方，这也证实了我的猜想：牛粪有助于无脊椎动物的繁殖。

我拾起一根羽毛——是秃鹰的。池塘的对岸有一只泽鸡，她的脖子仿佛被牵着，尾巴又被扯着，走路姿势傻乎乎的。

树木的状态：桤木——绿色的树叶泛着皮革般的光泽，结实又柔软，球果逐渐成形；榛子——坚果也逐渐成形了，但果壳又绿又软；山楂——像是低垂着的一串绿豆项链；苹果——短短两周就长出了一个个红彤彤的圆球。

从树林里出来的路上，荆棘已有齐腰高，绽放着一簇簇粉红花朵；我穿过水塘去检查旋木雀的窝，荆棘闻上去已经成熟。沿着路的一侧，柳兰像是从地面腾空而起的火焰（6月22日是它们第一次开花的日子）。在20世纪，这种植物的基因经历了一次变化，自此成为一个更具活力的物种。

晚上9点左右。专属于夏天的寂静，单调而独特；雏鸟的吱吱声；十英里外，穿过金色田野的火车声；类似牙医牙钻的呜呜声，令人心烦。

晚上9点45分。雨燕还在进食。

晚上10点。雨燕停止进食。当目标出现时，它们会像捕虾一样精准。

雨燕入睡后，它们在天空中原本的位置被蝙蝠占据。蝙蝠在桤木林周围飞进飞出，在反光的黑色池塘附近盘旋，犹如空中的鲨鱼。

所有白蛾都出来了。

草草一瞥，池塘的北端有一只獾。

7月14日　下午3点30分。高大的橡树背后，茂盛的金银花丛中有四只小鹪鹩在哭号。悬铃木上有两只小五子雀；我记忆里，这些鸟儿还没长这么大。这里几乎可以称作翠鸟之林。我看到鸟儿们在悬铃木上上下攀爬，轻捷灵巧。

上周还在疯狂生长的牛肝菌现在已经干枯，奄奄一息：没有什么能粉饰这颓败的树林。

地上有一颗破裂的鸽子蛋，母鸽产蛋时摔碎的，并不是遭到捕食者的袭击所致。

阳光明媚，温暖的树林边，花萤在峨参上交配。

一栋楼里的生活是多么的枯燥啊；在楼外，在门外，外面的生活又是那么无忧无虑、充满活力。

7 月 15 日　树林里，鸟儿几乎停止了歌唱。只有橡树上的鸽子还在叫，它们那昏昏欲睡的咕咕声只会令下午更显疲乏。鸟儿会在夏季休息，它们换羽时，很容易成为雀鹰的猎物。此时的歌声无疑是自杀式的自我暴露。

如果树没有大脑，它们怎么会有记忆？它们确实有记忆，并能从经验中学习。我 3 年前移植到树林西边的两棵橡树苗比我在东边有遮蔽的地方种的另外两棵粗 3 毫米。被风吹过的树比有遮蔽的树长得更结实，以光换光，以水换水，环环相扣。

7月16日　清晨，山鹬林下面的围场里，我逮到了偷猪饲料的贼：它们在阳光下可爱无害，在槽里咬来咬去；公鹿站在黄华柳下面，身体的每一根筋都在做逃跑的准备。

晚上10点15分左右。我坐在椅子上：视野范围是方圆15码，然后，这个视线范围不断迫近，直到衰退为零。

有时我会把一些东西用作备忘录。今晚，一根树枝直直扇到我脸上，提醒我一丛灌木的位置变了。

泛白的小路。是谁最先开辟这条路的？我只在一个地方绕了路：那时动物们走在低矮的树枝下，我不能一直等待它们走开。

7月18日　27℃。云朵呈现出鸽子胸脯上的柔灰色，鸽子是森林中最美丽的小生灵。

悬铃木叶片上粘着蜜露，袋衣满满的全是种子，就像猎犬的生殖器。

我坐在椅子上，一只黄蜂的上颚撞上了落下的桦树枝。

一英里外，挖土机正在进行土方工程，池塘的水面也随着敲击声开始荡漾。

7月29日　阳光的碎片散落一地，接着就是一场倾盆大雨，我试着寻找这个问题的答案：什么树是避雨最好的选择？我跑来跑去试了一番，事实证明……山毛榉是天然的雨伞。

7月30日　今天去看了那棵加州红杉，我玩得很开心，红杉外面的树皮像海绵一样柔软。在树的高处，树枝断裂的地方，芳香的树液像是树流下的眼泪，伤口正在化脓。

微风吹过树林，吹来一阵轻快的鸟鸣。

有只兔子死了，却又被身体里面的蛆虫复活。

7月31日　树林南部有片空地，孔雀蝶在石头上休息。

　　我跨坐在叉骨橡树上，这是我巡视和检查林中空地的地方，为放牧工作做准备。我意识到，自己的生命已经翻开新的一页：我既是伐木工，又是爱树之人，我看着橡树——还有桦树、榛树、榆树，所有的树木。我把树理解成原料、食物，抑或是庇护所。

　　远处的树冠上：树枝颤动了。那是松鼠出没的标志。

　　持枪能使人敏锐，以集中自然学家的专注力。我拿起12号口径林肯猎枪，左右扫射，杀死了两只成年胖松鼠。

白杨

整日整夜，不论晴雨，除了凛冬，

客栈、铁匠铺、商店外，

传来白杨在十字路口的倾谈

雨一直下，最后几片叶子也从树顶飘落。

铁匠铺的屋子像一个洞穴

里面传来锤子、马蹄铁和铁砧的当当声；客栈里

则传来即兴的歌声，伴着叮叮、嗡嗡、哞哞……

这些声音在这里一响就是五十年。

但这些声音，并未淹没白杨树的悄语，
窗格暗不透光，小路鲜有人至，
远天空空荡荡，声音此起彼伏
也将白杨的灵魂唤出了躯壳，

寂静的铁匠铺，寂静的客栈，
或披上皎白的月光，或蒙上厚积的暗影，
在暴风雨中，在夜莺啭鸣的夜，
十字路口犹如鬼影灵宅。

若附近空无一物，亦是如此。
白杨树凌驾于气候、人类、时间，
震颤的叶片，人或会听闻
却无须刻意，正如我的诗韵。

假若我们有了叶子，不管什么风吹过，
我们也无法像白杨那样
无止息、无缘由地悲恸，
或许人是一种不同的树。

——爱德华·托马斯

　　去年这个时候：法国阿让通河畔，一片小树林里有不少白杨树。暑气肆意的8月，当其他树稳如雕像时，18棵白杨树在不断震颤着。白杨树的学名 *tremula* 是经过精心构思的。它们确实会颤抖，这是白杨树的结构使然；叶片附近的叶柄会变平变弯，叶子（如同不透水的油布）被间隔开，就像一条线上的信号旗。所以，只有单片的叶子会随风飘动。

　　每棵树都是一种乐器。就像人类制造的乐器一样，每一棵树也都是精心设计而成的。

August

8月　绿林荫下

09

无精打采的月份——悬铃木叶子腐烂——白鼬的"蛊惑"——英国的夏天飞快离开了——饥饿游戏——池塘边悠闲的鹿——采集黑莓——潮虫——梣树的"钥匙"——不透风的盛夏树林——小马拖树——雨燕的离去——狐狸幼崽独立了

8月1日　BB曾写道："在夏季的所有月份中，8月可能是最沉闷、最无趣的月份。"

　　和BB一样，我也不喜欢8月，这个让人无精打采的月份。

　　一切似乎都很平静：宁静的暮色从草坪延伸到青山边缘；干草已经收拾妥当，8月1日在传统中是收获节，也是开始放牧的日子。我需要给羔羊断奶，还需要分类母羊和公羊，并进行检查，从牙齿情况查到跑步动作。我手里拿着一杯皮姆酒，眼里倒映出一座美丽的山谷。

邻居的路虎在小路上疾驰而过，在傍晚的炎热中投下一片苍白的尘雾。路边的树篱上，长满牛筋草的梯子仍在原地，因为布满泥土而灰暗萎靡。峨参和牛防风已经干枯，还结了籽，在空气中嘎吱作响，伴着路虎车的嗡鸣。

此时，你知道夏天结束了。

树林里，悬铃木的叶子腐烂了，上面的焦油斑是槭斑痣盘菌引起的，叶子就这样落在这个乍到的幽静初秋。

夏日的森林：阴沉，暗淡，未知，神秘，隐幽，逼仄，想要逃离，却没有清晰的路。

夏天的树林遮住了天空；恰到好处的光，便于打望和驾驶。

我看着山鹬林旁的草场，长满了多汁的草和鲜艳的花朵。而这片树林是如此粗糙，树枝会擦伤皮肤，地上的枝杈还经常把人绊倒。

8月2日　我记得，白鼬会"蛊惑"的记载由来已久。据说白鼬会通过跳吉格舞来迷惑潜在的猎物，但今天我亲眼看到了。（我应该多分享点信息：其实 BB 和 W. H. 赫德森都写到过白鼬跳的"华尔兹"，他们说的都是事实。）我看见一只白鼬追着自己的尾巴飞快地跑，像一个模糊的红色轮子。冬青树下，洞穴外的两只小兔子看得眼睛都直了。白鼬停下来"吱吱"叫了几声，然后又开始疾驰，但是离兔子更近了。

等他又一次停下舞蹈，他发现了我，于是冲进了山毛榉的荫蔽处。

通常，当一个人亲眼见证动物的特殊习性时，会感到幸运。然而，刚刚白鼬的行为让我感到不安，需要一点时间来思考。我觉得自己已经陷入了这个传说，并且传说还是以人类为主角的。因为白鼬的舞蹈完全是人类的行为，是在有意地蛊惑兔子，这是一出逻辑缜密的诡计。

8月6日　八月，又一个昏昏欲睡的日子，没有阻拦，热浪袭来。树木因夏天而疲惫不堪。灌木倒落，树叶残破，传来几声虚弱的鸟鸣，除了知更鸟。

知更鸟是英国夏天消逝的铁证了。他已经结束了夏季的换羽，开始巡视起冬日的领地。

我昨天把无角红牛留在了山鹬林，因为它们在这里十分威风，所以我不得不在东边那半块空地外放了一道电栅栏来保护娇弱美丽的蓝铃花，它们身上布满了蜜蜂叮咬的伤痕，那是花蜜大战时留下的。

这就是大自然。

今晚，叉骨橡树周围是成群结队的奶牛，它们摇着尾巴驱赶苍蝇，这是森林里的经典画面。在可见的高度范围内，它们撕碎了所有的桦树叶；借用约翰·伊夫林的话来说，牛在桦树面前"狼吞虎咽"。

8月10日　饥饿游戏。和一般的印象不同，8月是夏末最难熬的时段，大多数植物都已经过了最佳的生长期，秋天的果实尚未完全成熟，食肉动物们最容易采食的猎物——老弱迟缓的——已经被捉光了，所以它们闲下来的嘴，只好用来吵吵闹闹。

在夏季，肉食性禽鸟的死亡率可以和冬天相提并论。（我在这方面略有发言权：曾有一年时间里，我在40英亩的赫里福德山农场狩猎和觅食，完全靠野生食物为生。）

8月是饥荒的缩影，我看见老布朗的妻子在潮湿的空地上蹦蹦跳跳抓蚯蚓，像一只笨拙的乌鸦。现在，卑微的蚯蚓成了动物们的主食。昨天，至少有7只秃鹰在干草场的余烬上蹦蹦跳跳，吞下在雨中爬到地面上的虫子。秃鹰们再也不像惯常那般傲慢无礼。它们仿佛是黑色星期五那天的购物者，身上仅残存着一点点尊严。

8月11日　炎热的林地边界，金银花尚在开花，我追寻到它的根茎位置，距离花朵足有10码远，它的根竟藏在梣树凉爽的荫蔽处。那里比树干外壁的温度低3摄氏度。

我站了一会儿，从酷暑和劳作中解脱出来，享受这可喜的闲暇。这时，几只黇鹿从绿荫中蹒跚而下。

那5只鹿转过身，站在池塘岸边，皮毛在阳光下闪闪发光。它们站成一排，机械地饮水，仿佛是名叫"黇鹿饮水"的塑料玩具。

它们一定是渴极了，才会在白天冒险离开安全的居所。

鹿生性谨慎。它们仿佛浑身布满电线，总是胆战心惊。

空气的温度很高，可能是我身上的气味散发出来了，小公鹿突然抬起头来，然后逃跑了。其他鹿没有一丝犹豫或疑问，跟在他后面也跑了。5只鹿飞奔而去，在树林中绕过障碍，只留下飞扬的短尾巴，化为白影消失在黑暗的林中。

那些鹿挺身冲过荆棘，那是树林的紧急出口，通往田野。太阳晒干了树林的地面，奔跑的鹿蹄发出敲击声，震动着大地。

你一定不知道，这是诺曼人的脚步穿过古老荒林的回声。

爱德华时代的英国盛行田园主义，薇塔·萨克维尔·韦斯特在《爱德华时代》中引用了其中哪些自然生物？好吧，有"绿树、野兔和鹿"。

这是一个奇怪的组合，尤其是鹿。在夏天，雄鹿们通常独自流浪，偶尔也会参加单身派对。夏天见不到小鹿。我原以为这些鹿来自霍尔林，正在扩大领地，但我现在怀疑，它们是结伴从鹿场逃出来的。

8月15日　一大早就围着猪、牛、羊忙起来。我走在山鹬林，打算向泽鸡道声早安，但只走到南面空地的树丛，就再也走不动了，那些树是我们来这里第一年清理林地时留下的。

一只獾在一夜之间，在树丛间打通了自己的隧道。他可能刚离开不久，因为到处都是散乱的树枝，散发着尿臭味（它们会排放氨气），仿佛身处狗獾饲养场。树林里有常见的亮面潮虫和丸状潮虫，它们都觉得彼此是怪胎。甲壳类动物适应陆地生活后，就会进化为林地动物；它们需要潮湿的环境，因为它们依靠鳃来呼吸。鳃位于它们的腿部。它们的卵位于湿润的育儿袋里，就像一个微型水族馆。丸状潮虫可以把自己蜷成一个"药丸"状的小球。在中世纪的英格兰，人们会活吞潮虫"药丸"，用于治疗消化系统疾病。

潮虫的近亲是螃蟹。就像我之前说的，这有些离奇。

我把鼻子凑近獾的隧道。里面游荡着几种夜行性毒蛛，它们有六只眼睛，以潮虫为食。毒蛛的尖牙足以刺透人的皮肤。

8月16日　梣树上挂满了"钥匙"。梣树的果实被称为钥匙，因为它们成串挂在一起，让人想起中世纪狱卒的锁扣。关于梣树的钥匙，有许多广为人知的传说。最早一批成熟的果实可供剥皮食用，十分可口。但在我眼中，它们涩得让人皱眉；生食有艾草的味道，腌制后还是艾草的味道。喜欢梣树果的人说它们尝起来像刺山柑，其辛辣的口感可以为冷切肉和富含脂肪的鱼提鲜。

如果你想腌制桴树果，就选些尚未成熟的果实。

如果遇到蝰蛇，就会凸显出桴树的妙用。传说蝰蛇非常厌恶桴树，它们宁愿从火中逃走，也不愿钻过桴树的叶子。

8月17日 一只小兔子来到池塘边，在浅水中划动，后来嗅到了我的气味，跳开了。我想不出动物为什么要到水里玩耍，或许单纯是它们生活中的乐趣吧。

如果是这样，一分钟就足够。只剩我一个人，听着芦苇丛上拂过悦耳的微风，欣赏着涟漪粼粼的水面。

8月18日 早上5点，我在树林里散步，接着和弗雷达坐上萨博去索姆河，我们到达那里时已是下午5点。我带着一本关于第一次世界大战的书在路上看，书中关于地形的描述有些晦涩难懂。人们说农民不能只守着土地。所以我把读书作为副业。

索姆河附近坐落着落叶林和小灌木林，英国士兵曾于此躲避皮卡第的阳光，德国士兵还用树林来掩护土地和木材。

森林是大自然的堡垒。英国1916年的地形测量图显示，索姆战区共有44片树林和15片灌木林，其中，马梅兹树林面积达186英亩，其中最多的树有椴树、橡树、鹅耳枥、榛树和山毛榉。海伍德树林则以甜栗树而闻名；1916年9月后，海伍德成为著名的墓地。据估计，仍有1万名英国和德国的无名士兵躺在海伍德界内。索姆河战区的一些林地带有开阔的草地，可供骑乘，为身着灰色军装的德国守军提供了极好的火线。因此，大量身着制服的战亡士兵堆积在马梅兹树林和海伍德树林，直到今天，提起这些地名仍令人黯然神伤。在马梅兹树林受伤的人，可以看到"乱糟糟的橡树，表皮剥落的光泽的山毛榉树干和易断的桦树"，受伤的人中就包括列兵大卫·琼斯，他是散文诗《括号内》（*In Parenthesis*）的作者。

8月19日　早上8点，我们离开艾伯特宜必思酒店（这家酒店和休战纪念日很是呼应，地毯上有罂粟花图案）。晚

上8点回到家，我径直走进山鹬林，正好看到一只狐狸，正
在新发现的宝藏堆里吃黑莓。

8月20日　沿着林地骑行，进入树林深处。

酷暑过后，树阴宜人。凉意是短暂的。茂密的树叶令人
窒息。春天的清爽气息早已远去，那时候，每一片橡树叶都
像一块绿色玻璃。

8月的林地一片漆黑。悬铃木枝叶低垂，像是黑色石窟
的入口。

某种神秘力量把山鹬林里的氧气都吸走了。"柳条"有
些胀气，他是设得兰矮种马。空气不流通，他呼吸不顺畅。

我们就像搁浅的鱼，目瞪口呆地凝视着树林。

我扬起长长的缰绳，甩了甩"柳条"。我们步履蹒跚地
前进，节奏是四四拍。我走在"柳条"身后，他像是一个孤
独的白发人，走在英格兰的森林里，向黑暗深处走去。"柳条"
是帕洛米诺马，白色的皮毛在发光；其实他是我的指路灯。

8月是夏天里最令人窒息的时节，植被已达到生长极限，
此刻的树冠最为密集。灰暗的树林，犹如凌晨的夜。

森林里几乎一点声音也没有。黑顶莺、柳莺、林柳莺都在7月中旬停止了歌唱。就连棕柳莺也停止了刺耳的双音啼鸣。

但是，大批的飞虫会定时来袭。幸运的"柳条"，我给他用了柠檬驱虫剂。但我自己没有用。蠓虫、蚊子在我脸上乱爬，我还要不停地扇开灰白色的虻。

一簇簇金银花盛开了，蜜蜂嗡嗡作响；雄蜂的嗡鸣足以使大脑停止运转，在树林里迷路。

一片林间空地上，一条小径蜿蜒而过，恰有一道欢快的阳光散落。荨麻叶中有一枚蛹壳，孵化出一只孔雀蝶，此刻正躺在树桩上晒翅膀。

8月并不清闲，却是树林里一个安静的月份。大白蝶（所有园丁都叫它"菜粉蝶"）正在进行第二次孵化；一只新生的蝴蝶正在望风，像落叶在树中穿行。

刺猬也会在8月产第二胎。此刻，第一胎的小刺猬还躲在路边的小汽车下面，就像昨晚一样，把汽车搞得脏兮兮。幸好山鹬林不在獾的主要活动范围，住在树林里的刺猬不会被獾的利爪伤害。

白桦树枝上，两只长尾山雀带着一只尚未发育成熟的雏鸟觅食。继续吃吧。日复一日。长尾山雀吃掉一只昆虫，只需要约2.5秒。

8月，畜牧场也同样安静。我们在8月制作干草，10月才割玉米。小羊开始断奶了，而牛要到9月才产小牛。

所以，我开始自己动手，带上"柳条"，从树林里拖出两棵挪威云杉，用来制作林间小屋。2017年了，这里所有运输都要依靠马力：林地小路只容得下一匹马的宽度。

桤木上留下了一只黇鹿的皮毛碎片。到了8月，新的鹿角完全长成之前，雄鹿长角的皮肤会发痒。在这样炎热的日子里，当皮肤痒得难以忍受时，它们只好用鹿角摩擦粗糙的树皮，直到坚硬的骨头露出新角。

一棵榛树下面，有松鼠留下的果壳，它想冲进榛树里吃坚果，结果发现都是酸的，白绿色的果实尚未成熟。

今年，海棠有望结出硕大的果实，在秋天为动物提供食物，也可以做成果酱，搭配周日早上的吐司。一棵山毛榉开始变成金色。每年都是这棵树：夏日结束的标志。

树林北端，干草崖的方向，一只斑尾林鸽欣喜万分。它在落叶松上找到了一个树洞，躲过了8月的闷热。不远处，另一只鸽子一直在叫："咕咕咕——咕咕咕咕——咕咕咕咕——咕——"尾音结束得有些突然，这只鸟仿佛意识到自己再也唱不出夏日的柔和旋律，于是放弃了。

　　我把两根树干拴在"柳条"的马具上；苍穹笼罩着挪威云杉，捆绑枯树的蓝色尼龙绳格外鲜艳。

　　我们踏上回家的路。四周的树木向我们靠近。桦树、桤树、悬铃木、榛树、槭树、山毛榉。

　　我们沿着池塘走小路，试图多找到些空气和光线。池塘的水如同柏油一般凝固。芦苇丛里，泽鸡发出抗议的鸣啼，对周围发出警报。（算了，毕竟是我心爱的鸟？）她的抗议渐渐弱下来，但并未完全消停，她继续躲在芦苇堡垒后面，断断续续地对我啼叫。

　　突然，刺眼的阳光下，一只雨燕飞下来，喝了一口水，并啼了一声作为告别。"尖叫魔鬼"正向南迁徙。躲在家里的泽鸡丝毫不受影响，继续她叽叽喳喳的责骂。

　　你现在应该知道了，8 月的树林为何如此阴郁。因为这是凛冬的预兆。

8 月 23 日　　25 摄氏度，虽然看不见风，但树叶被拂动。

　　我花了 5 分钟，小步穿过山鹬林，寻找一只失踪的羊。折磨一个人的竟是一只羊，而且还是一只以自我为中心的顽固羊。

看看四周：千里光，夜颠茄，白色大理石一般的云朵，一只绿色的蜻蜓，金银花被鲜红的浆果取代。

偏偏没有看见那只失踪的羊。

8月29日   天气又热了起来。树林里好像关了灯，葱郁幽暗。可以看到许多白色蝴蝶；它们似乎有自己的方向，悠哉随意。

蚊子在耳边叮扰（或许这不是什么新鲜事：英文中蚊子一词 mosquito 来自希腊语 muia，用来描述它们飞行时发出的恼人噪音）。一旁，苹果悄悄挂满枝头。

我第一次看到白色蛛网覆满荆棘的样子，透露着秋天的气息。

8月30日   松鼠就是树之鼠嘛。它们高空走钢丝的动作十分滑稽，总能把人逗笑。

燕子叽叽喳喳，秃鹰嘛哟嘛哟。

三百多只毛脚燕聚集在谷仓里。忽地起飞……它们向南出发，这是夏秋之间不可分割却不言自明的界限。

但你仍会期待回暖的秋日。

山谷深处传来酒会派对的欢声笑语、叮当响的碰杯声，穿过收割过的麦田，穿过静置的麦草捆。声虽远，心花已怒放。

谢天谢地，今晚农场还发生了一件好事。回家的小路上，围场门口站着那只迷路的羊，正等着我。

我打开门，羊进去了，咩咩叫着，像动画片里的小羊拉里一样快乐。如果发推特，我会给今天打上"圆满"的标签。

8月31日　晚上9点左右，外面有一只孤零零的小狐狸。狐狸幼崽一来到这个世界上就要学会了自食其力。"荒野孤影"。

September

9月 鸟儿飞了

秋天像一扇厚重的帘子——闪闪发光的苔藓——置身于绿荫：点彩体验——山毛榉果实中的猪群——烤山毛榉果——棕柳莺再次歌唱——冬青色的蝴蝶——黄鼠狼——采集坚果——圣巴塞洛缪教堂墓地里的红豆杉——橡子掉落——带盾环柄菇之想象——有益健康的接骨木——大斑啄木鸟视察领地——刺猬为过冬储备食物

9月4日 一片湿漉漉的树林，弥漫着秋腐的气息，有如帘子一样厚重。但山鹬林仍残留些绿意，看那石头上闪闪发光的苔藓，还有那涓涓溪流旁的垂枝。

云杉下竟有几株黄色的千里光，明媚而耀眼，给了我乍见的惊喜。

　　匆忙瞥见兔子的身影——一闪而过——它一个急转弯，躲回窝里。

　　置身树冠茂密的树林间：景物和声音都是零零碎碎的。像是印象派的点彩画[1]。

　　9月5日　走出栅门，山毛榉的树枝在脚下噼啪作响，这还是今年第一次听到这样清脆的声响。山毛榉果壳呈三向裂开，果仁闪闪发亮，呈桃花心木色。

　　六只苍头燕雀正全神贯注地吃着山毛榉果，我险些踩到它们，幸好它们飞走了。苍头燕雀在地上进食时，似乎在不断点着头。但其实没有，因为进食时，它们的头会保持不动，先用眼睛锁定食物，再控制身体前进。

　　林间落下不少树枝，雀类出没的时节将至，是时候让猪进树林里大快朵颐了，但先要把牛赶出去（山毛榉果和橡子对它们来说都是毒药），牛群中有一头春天出生的小牛，现在体格已经是她妈妈的一半了。下午一大早，在树林和山谷

――――――――――

1 点彩画：一种用细小的彩点堆砌、创造整体形象的油画绘画方法。

底部，我将三股铁丝网横绑在塑料杆上，在树篱上搭了一道铁丝网，保护着林间空地。因为猪鼻子的破坏力无异于一台任性的挖土机。

电围栏连接着拖拉机的蓄电池。我放猪去撒欢儿了。刚断奶的小猪把湿鼻子放在栅栏上，尖叫声穿透整片树林。

山毛榉树不是每年都会结果，而是每三四年结一次，每次的果实量都很大。

山毛榉果可以榨出约20%的油脂，油脂呈黄色，气味香甜，非常适合油炸食物。

榨油时，需要把山毛榉果放入电动研磨机中粉碎，或用杵和研钵等工具来手工破壳，然后用筛子、细棉布袋或干净的裤袜把果肉压碎。3斤的果实应该能榨出大约半斤油。如果能将每颗坚果精心去壳，那么榨出的油是最好的，如果能将发涩的果仁皮刮去就更好了。但这需要一双巧手。

一直到维多利亚时代中期，英国才开始商业化生产山毛榉油。在法国烹饪界，山毛榉油比常见的橄榄油更受欢迎。

山毛榉果生食有毒，所以吃之前一定要煮熟。据说，可以用煮熟的山毛榉果实给杜松子酒调味。

烤山毛榉仁

取出果仁，放在烤盘上，淋上初榨橄榄油。在180℃下烘烤至金黄色。用厨房纸巾吸去油脂，撒上海盐，可以作为聚会零食。

9月8日　我想，美好的日子进入倒计时了。树林里，毛脚燕仍然随处可见，秋天的风并没有将它们的羽毛吹向别处。阳光透过山楂树，青翠欲滴，不觉入秋。

一只斑尾林鸽死在林间小径，没有患病，也没有受到攻击。所以，我猜测有些斑尾林鸽寿命有限，会自然死亡。我常想，我们常常忽视斑尾林鸽：它们是飞行健将，和雀鹰一样快；它们歌声甜美，完整了夏天的定义；它们肉质鲜美；它们胸前那一抹瓷玫瑰色的红晕，巧夺天工。

9 月 9 日 天气一开始有些糟糕，后来渐渐回暖，所以到了下午，可以见到白蝴蝶和大蚊飞来飞去。

棕柳莺的叫声也有些变化，不同于 3 月的声嘶力竭。正如格雷子爵爱德华爵士所说，棕柳莺的秋日歌声是"一种柔缓的复调。像是一场安静的告别，它们即将离开我们踏上南下的漫长旅程"。棕柳莺是最后歌唱的鸣鸟，其余的都消失在记忆里了。

天色已晚，一群冬青色的蝴蝶在常春藤周围飞舞，为了从青色花丛中汲取花蜜。

9 月 11 日 我坐在椅子上，突然感觉被监视。原来是一只黄鼠狼，她坐在高高的橡树下，离我很近，我甚至能看清她的每一根胡须。乌溜溜的眼睛像两颗黑纽扣，冷漠又疏离。

读起"黄鼠狼"（weasel）这个词，无法让人想到自然纪录片里毛茸茸的小动物。它们是狡猾和致命的代名词。

黄鼠狼虽是远古物种，但在现代也堪称完美的捕食者；

身形虽小，只有 12 英寸长，但浑身肌肉，牙齿尖锐，作风凶狠。她显然无法认清是谁坐在椅子上，因为我身上有羊的臭味（我穿了干农活的大衣）。最后她决定谨慎为上，然后溜走了。

9 月 12 日　榛子已完全成熟，树一摇动便会掉落。

9 月 14 日　圣十字日（又称圣路日）。约翰·克莱尔曾写信给威廉·霍恩描述这一天：

　　无论是老人还是年轻人，都坚信魔鬼会在圣路日肆虐；很多人曾认为那不过是个传说，直到有一天他们到树林里探险，突然闻到一股强烈的硫黄味，几乎让人窒息，他们甚至来不及逃跑；放牛人极其绝望，因为他发现魔鬼连他的黑莓都没放过：从那天以后，他相信只要被魔鬼触摸过，兰摧玉折。

威廉·科贝特，一个比克莱尔更贴近生活的人，他观察到"果实丰收的年份，也是私生子出生最多的年份"，这是因为人们借着采摘果实外出寻欢作乐。

9 月 15 日　在中世纪，榛子是圣菲利伯特的象征，因为后者的纪念日是 8 月 22 日，正是榛子成熟的日子。但是直到 9 月中旬，榛子早已成熟，松鼠、林姬鼠和我竟然都没发现。既然昨天是魔鬼肆虐的日子，那我今天去采榛子应该没问题吧。

榛子的现代英语单词"hazel"来源于盎格鲁-撒克逊语中的"haesel"，意为"帽子"，指的是榛果顶端的帽形褶。

榛子的命名法可能源自中世纪，但是榛子的食用历史可以追溯到史前，它们是中石器时代的狩猎者的重要食物来源。如果有人在这里摘上一颗榛子吃，他（她）就是英国的亚当或夏娃。

从成分上看，榛子比鸡蛋的蛋白质含量还高，并且富含油脂。

在厨房里：把带壳的榛子放在烤盘上（150～200℃烘烤

大约10分钟），要留心观察，因为它们会烧起来。放凉后，撒些盐，当作点心吃。不得不承认，我把山鹬林里的松鼠都赶跑，算是一件快事。

榛子蘑菇酱（4人份）

1 小颗红洋葱，切碎

2匙特级初榨橄榄油

1 瓣大蒜，压碎

150g 牛肝菌或茶树菇

1匙干邑/白兰地

100克烤榛子

250g烟熏豆腐

1 匙新鲜迷迭香，切碎

1 匙新鲜百里香，切碎

1匙酱油

1 匙水

盐和现磨的黑胡椒碎

把洋葱放入橄榄油中，煎出焦糖色。加入大蒜和蘑菇，用中火煎至蘑菇变软。关火，加入干邑或白兰地。

　　把榛子放入搅拌机里打碎，放入锅里，再加入豆腐、香草、鱼腥草和洋葱蘑菇，熬煮至渐渐形成半固体的糊状物。中途可能需要加水。用盐和黑胡椒碎调味。用烤面包配餐。

　　9 月 16 日　前往莫奇玛克尔，参观圣巴塞洛缪大教堂。教堂墓地里有一棵红豆杉，有 1500 年的历史，在 2006 年，其周长是 30 英尺 11 英寸。你可以在这棵红豆杉的树阴下摆上一套三面长凳，那里和乡下的一间房差不多大。

　　红豆杉的心材具有较高的抗压性，边材则具有较高的抗拉性。中世纪的英国弓箭手会用红豆杉心材与边材相接的部分制造长弓。长弓内部是深色的心材，外层是浅色的边材，这样制成的红豆杉弓弹性惊人，在克雷西和阿金库尔的战场上将法国骑兵一举歼灭，尽管后者的盔甲造价很昂贵。

　　罗伯特·格雷夫斯在《苍白的女神》中曾提及，欧洲国家把红豆杉视为"死亡树"。与圣巴塞洛缪教堂一样，许多英国教堂的墓地里都有一棵红豆杉，这表明基督徒的一部分圣俸是挪用的，因为他们选择在德鲁伊教的遗址上建造自己的教堂。

红豆杉的各个部位几乎都含有剧毒的生物碱，很适合栽
在墓地里。（只要种子不被吃掉，唯一可以食用的部分就是
浆果。）托马斯·格雷在《墓畔挽歌》中引用了这个隐喻：

> 粗拙的榆树和红豆杉，
>
> 树阴下有草皮堆砌，
>
> 人被关在狭小一隅，
>
> 出身草莽，复归于草莽。

今天，我坐在一棵红豆杉下，忽地明白华兹华斯的《写
于红豆杉下的诗》是多么清晰、精练、真实：

> 稍待，旅人！歇息一下。看这棵孤独的红豆杉
>
> 它远离人们的栖所：如若此处
>
> 没有波光粼粼的小河来滋养青草？
>
> 如若蜜蜂不爱红豆杉光秃秃的树枝？
>
> 但风轻轻拂过，卷起涟漪，
>
> 轻拍河岸，捎来一方宁静
>
> 从虚无溢出的温柔的力量。
>
> 是谁将石头堆砌，

生出第一片青苔和草皮

然后教这棵老树用黝黑的臂膀

环成一个圆形的凉亭，

我的记忆很清晰。——他的魂灵

不凡，独一。自小接受科学的净涤，

跟随自然的指引，步入荒野的无人之境

怀着远大的理想，他向眼前的世界前进

天泽宠儿，无忧无欲

过人天资；回击闲言碎语

的抨击，还有妒忌和恨意，

鄙弃那些全副武装的死敌，

置之不理。他认为这世界

于他无益，所以他旋即

不胜其怒，转身遁离，

以自尊灌溉自己魂灵

孤独如寂。——他本是路过而已！树枝凄戚

独有魅力，他喜欢坐在这里，

一只迷途的羊，是他唯一的访客

与石头聊天，或与矶鹬对视：

岩石荒蛮，布满蕨草和石南，

还有桧柏和蓟花，零星的烂漫

他的眼睛低垂而滞黯，呼吸之间

却被这萎靡的快乐滋养着，在此寻探

生活的徒劳无获：

然后，他抬起头，目光游走

到更遥远的地方，多么美妙

你看，——他会凝视着，直到它变得

更为美妙，直到他的心无法承受

美，更美！不，那次，

他跟随自然的步伐行走，

已将万般思绪抛诸脑后，

从善行中寻获温暖，

世界和生命出现了交汇点

通过善念相连，他不由叹气，

心有不安，想到别人会体验

他永不会有的体验：所以啊，迷途的人！

那些幻想中的画面，

他的泪水在眼中打转。山谷漫漫

他就此长眠，树下这个座位是他唯一的纪念。

——威廉·华兹华斯

　　华兹华斯可能会注释，雌性红豆杉生长得十分茂密，有如乌鸦羽毛一样漆黑，包裹着一个个红色浆果，宛如童话的布景。

　　9 月 19 日　甜栗树叶片低垂，呈烟褐色，形状规则；松树下，蘑菇冒出地面，还有球根状的幼菇；橡树上，松鼠叽叽喳喳地叫。

　　每一棵树都在悄然变化；地上有麝香的味道。霍尔林中的黇鹿在嚎叫，应该是发情的季节开始了。

　　9 月 20 日　天气炎热。橡子也有些困倦，扑通一声掉在地上。现在，黑莓是许多鸟类和动物的主食。一只鼩鼱抽了抽鼻子，用后腿站定，嗅了嗅夏天的气息。鼩鼱总是在不停钻来钻去寻找食物，这也是它们为什么又被叫作"地鼠"。鼩鼱（shrew）一词来源于古英语"screawa"，意思是"打旋儿"。鼩鼱是一年生动物，寿命不超过一年。

这只鼩鼱正进入他生命的冬天，他的皮毛饱经风霜。他的孩子将延续他的血脉。

9月21日　我穿过栅栏进入树林，走到山毛榉林。我产生了一种幻觉，一群住在树林里的小精灵出现了。盾形环柄菇是戴着"蓝帽子"的坏蛋，这种蘑菇呈蓝紫色，菇帽随着时间的增长渐渐变为褐色。

很久以前，这种蘑菇被用来制造服装业中使用的蓝色染料。

这也是一种颇受欢迎的食用菌，带有宜人的橙香。我往上衣兜里塞了一把。

9月22日　接骨木上，乌鸫黑压压一片，这说明树上木莓累累，已经熟透了。接骨木莓呈现出带光泽的黑色，像百万只老鼠的眼睛。

我带了十几个袋子到林地，把较低处的浆果摘了，把上面的留给了鸟类，尤其是爱吃木莓的画眉一家。

这些浆果富含维生素A（每100毫克600IU）、维生素C（每100毫克36毫克）和抗氧化剂。所以，人们会用其浆果和花露制作提神的补品，熬过冬天，让我们不再鼻塞流涕（食谱：600毫升水，225克蜂蜜，25颗接骨木莓，一起熬煮，不断搅拌，放一晚后装瓶，3个月内饮用完毕）。此外，接骨木莓也可以用来制作利口酒或浓葡萄酒。

约翰·伊夫林宣称，浆果提取物是一种"对抗一切疾病的万灵药"，早在400年前就有人发现了这一点；最近的研究记录显示，这种木莓对11种流感病毒具有抑制作用，还可以刺激细胞因子再生。细胞因子是免疫系统的传导要素，可以增强机体对感染的反应。这种木莓也比大多数小浆果含有更多的抗氧化剂；还有研究发现，一种接骨木花青素在体外试验中能够有效抑制人体肿瘤细胞。

又一次验证了：森林的健康程度影响着人类自己的生存状态。

历史上，接骨木被称为"英国葡萄"，大多是在旧果园里进行商业化种植的。接骨木莓具有多种功能，也可以用来制作美味的番茄酱，在锅中放入木莓，再加入等量的苹果酒和葡萄酒醋（刚好可以漫过平底锅里的水果）以及百里香、月桂叶、茴香和大蒜盐。装瓶时放些胡椒粉即可。

9月23日　树林的边缘，风有自己的出口，树上的风声是低音，草地上的风声是轻柔的气音；而风拂过金银花藤，就像在拨动琴弦。

9月24日　晴朗，微风；白色蝴蝶；一只孤独的豆娘；树梢上，一只大斑啄木鸟啄木的声音像两块木板互相拍打。啄木鸟正在争夺过冬的领地。

9月25日　下雨了，又放晴，这几日一直这样。几只毛脚燕在空中盘旋。

9月28日 在橡树、桦树和落叶松顶部，有鸽子栖息；它们喜欢飞往自由天空的最短路线。

9月30日 睡不着，开车去山鹬林，在树林里散散步。猪群也没有休息。无边的烟云，转瞬即逝的月亮，我看见月光下有三只刺猬在空地上小跑，嗅着虫子的气味，为过冬储备食物。

October

10 月　秋日果实

黄华柳的叶子每秒飘落三片——玫瑰果的颜色——常春藤花与黄蜂——蜘蛛网——采摘野苹果给猪吃——花楸树——秋叶：颜色不断变化——雨的语言——麋鹿的叫声——云杉给针叶的哀歌——树木为什么会落叶？——雄狐的嚎叫——风暴

　　10月1日　下午4点41分：阳光给黄华柳的树叶镀上一层银白色，每一秒钟就有三片叶子落下。晚些时候，忽地传出一阵鸟鸣。由于树冠已经部分落叶，吸音效果减弱，整个树林都有音符嗡嗡作响。

10月3日 玫瑰果变成了橘红色，像圣诞红橙[1]的颜色；山楂变红了，BB曾这样描述山楂："那不是猩红，而是浓郁的深红，就像旧锦缎和天鹅绒的颜色。"

榛树：先长出绿叶，然后绽放成红叶。

10月4日 嗯，可以闻到常春藤花的皂香。如何形容这种花朵的形状呢？像是一个化学分子的三维模型，只不过是匀柔的鼠尾草色。成群结队的黄蜂一整天都在觅食。

夜影悄悄降临；风吹过云杉林，像是一支哀歌。

松鼠被霰弹枪击中，像一只拳击手套，砰的一声倒在地上。

---

1 橙子不属于英国本土的植物，因此在很长一段时间内被视为珍贵的水果，作为圣诞节礼物赠送。

10月6日　清晨，荆棘里布满蜘蛛网。

蜘蛛纲动物的英文是"arachnid"，以神话人物阿拉克涅[1]命名。

阿拉克涅曾向雅典娜发起一场织布比赛，因言行无礼，她被变成了一只蜘蛛。这种生物与人类还有一些石蛾有着共同点，能在飞行途中设置陷阱。蜘蛛的陷阱是用丝制的，由后腹部的吐丝器发射出来，其厚度五万分之一英寸，按厚度比来计算，它比钢铁还要坚固。

我坐在高高的橡树下，拿着霰弹枪等松鼠。为了让这些鸟活下去，必须再消灭两三只灰松鼠。

一只蜘蛛在我旁边的荆棘上布网；她花了52分钟编织她的魔法阵。

10月8日　一个惊喜的发现：溪谷边的桦树下，有一个

---

1 Arachne，罗马神话中的人物。她的编织技艺登峰造极，在和雅典娜的比赛中，她在布上织出了众神生活时的许多场景，但其中的一些神祇被她织得软弱无力，被认为是对神祇的不敬。阿拉克涅因此自尽未遂，被变成一只蜘蛛，她的子子孙孙也不得不悬在半空，永不停歇地织网。

新的兔子洞，四处散落着新鲜的泥土；如此细腻的泥土，没
有土块，源自最精细的耕耘。

　　我得收集野苹果做猪食，还得收集一些冷杉球果作为引
火物。傍晚的天空，盈满红褐色的暮光。

　　10月10日　公羊的额头上长满了皱褶。树的树液在减少，
林地动物的睾丸激素却在上升。

　　10月12日　花楸树还没结果，对此我虽然并不惊讶，但
多多少少有些失望。我怀疑他们太不成熟了。

　　小时候，有一次我和祖母在村子里散步，拜访了科尔太
太的小屋。她在屋后的小树林里种了一棵花楸树，问我和祖
母要不要尝尝花楸的果实。

　　科尔太太从地窖里取出一个木箱，她把水果放在那里
"发酵"，一直存放到快要腐烂为止。我把花楸果——一个小
小的棕色的果球——捣碎，放在香草冰激凌上，尝起来像雪

利酒。

花楸树的其他浑号还有"滑块""跳棋"和"西洋棋"（chequer）。而在英文里，"英国首相的乡间别墅"也称作"Chequers"。

10月14日 天空晴朗，泛着青色，山鹬林却被染红了。

10月16日 林地的颜色又变了，更糟的是，大多数树木已经失去了充满活力的色调，取而代之的是浑浊的棕色，像一个蹒跚学步的孩子用水彩胡乱混合的颜料。加缪曾说，"秋天是第二个春天，每一片叶子都是一朵花"。但此时此刻的山鹬林不是这样。

天空是蓝灰色的。你无法联想到诗人笔下醇香的果实、乳白的薄雾、火红的树木。威尔士边界，现在的降雨量比9月高了1英寸。

我看见柳叶落在池塘上。每一片都是独一无二的。每一片叶子，它下落姿态都是特别的，那是生命的最后一支舞。我们眼前的场景，是树叶最后的荣耀。

低矮的围场里弥漫着潮湿的空气，让人的头发有些打卷儿。湿气弥漫到羊身上，羊毛发出钻石般的光芒。真是老来俏。

面对阴沉沉的天空，我试图解读雨的语言。那是一种气象信号，象征着细雨。更糟的是，不久后雨就会落下。

陪着我的是妻子的黑色拉布拉多"蓝铃"。说来也奇怪，这只经受过训练、能取物的狗，现在变成称职的牧羊犬（它可以听从指令，堵住牲畜的奔跑路线）。在它的帮助下，我可以轻易地把120只羊赶到桤木下的围栏里。桤木的树叶还一息尚存。和橡树一样，桤木发芽迟，落叶亦迟。

10月，农场里的一切都变了。风吹走最后一只落单的燕子；随后，同样来自北方的风，把红翼鸫吹来了。因此，林地总能看见鸟儿。

我们的一些羊也需要"迁徙"。10月也是人们买卖羊的月份，所以我花了一上午时间筛选、分类母羊和羔羊。

这只小绵羊需要去一趟滕伯里威尔斯市场，而另外一只小羊会待在家里。养羊业的利润几乎全是9月和10月产生的。

11点，微光伴着细雨，像是在林地挂了一盏舞厅的灯。12点，雨水丰沛。桤木的叶子无法遮风避雨，但至少这帮披着羊皮的顾客在我的美发店里好好享受了一番。

这场雨丝毫没有打消5只公羊的热情，他们被关在笼子里，却一直试图爬上栅栏去抓母羊。母羊也很躁动，她们的荷尔蒙随着光线暗下而高涨。桤木低矮的树冠下，性欲旺盛的公羊身上散发着油腻的麝香，像一个肮脏的枕头。溪谷对面，羊的野生表亲，一只黇鹿，也号叫着给公羊打气。即使是滴落在桤木上的雨水，也没能淹没他强劲的咕噜声。

"蓝铃"正四处乱拱，而我在用匕首修剪羊尾（用剪刀剪羊毛，如果剪刀沾上粪便，羊毛会生蛆，弄得农场到处都是）。这是"蓝铃"一年一度在荨麻丛挖土作乐的时间，它发现了一只刺猬。这位蒂吉·温克尔太太[1]并没有因此受伤；她那件标志性的多刺皮衣大约有五千根刺，足以抵御拉布拉多犬柔软的嘴和鲁莽的大脑。

大约15分钟后，蒂吉·温克尔太太舒展开来。她决定冒着日晒，从湿漉漉的草地上爬到旧砖房底部，那里有不少蛞蝓（鼻涕虫），正成群结队地涌向树上掉落的苹果。幸运的是，她竟然默许可疑的我站在旁边。她的餐桌礼仪糟透了；她选了一只橘黄色的大鼻涕虫，咬了它一口，叼着转了一圈，然

1《彼得兔》动画片中的刺猬形象。

后狼吞虎咽。这很有趣，但也有点恶心。大自然的风景并不总是赏心悦目的。

如果说蒂吉·温克尔太太以前是水桶腰，并且准备好了冬眠，那么吃了鼻涕虫之后，她准备得就更充分了。她摇摇晃晃地走向树林。

当然，如果你仔细想想，冬眠也是一种迁徙。蒂吉·温克尔太太要去的是香甜的梦乡。

一只红隼飞起来，落在电线上，旁边是一只鹈鸰。小狐狸躺在荆棘下；他突然冲出去，抓住了一只兔子。真是令人惊讶的速度，估计可以达到每小时 40 英里。

对于居住在林地的狐狸，再没有更幸福的事了。兔子的数量正处于一年中的高峰。目前，山鹬林大约有 60 只兔子。

秋日

雾蒙蒙的清晨，我看到，旧时的秋景

无影无踪，只静静站着

静默，因为没有落单的鸟儿在唱歌

空荡荡的耳际，传来树林凄凉的歌，
不是低矮的树篱，也不是孤独的荆棘；——
摇动着他慵懒的发丝，闪烁着露珠的水光
夜幕落下，像缠结的薄纱，
戴着金黄色的花冠。

何处可再听夏天的歌？——有了太阳，
南边是暮色沉沉的眼皮，
阴霾与寂静合一地醒来，
用温暖清香的口腔在清晨歌唱。

何处可再寻快乐的小鸟？——远方，远方，
在黑暗的天空中震颤着翅膀，
它们中午不敢睡觉，
因为猫头鹰猎手，那尖锐的喙，
会将明亮的眼睛刺碎。

何处可再寻夏花？——西边，
最后的一抹阳光烂漫，
薄暮渐淡，夜色忽暗

像是贝瑟芬妮[1]的泪眼，神色黯然

只剩无尽的、噬心的黑暗。

夏天的盛景，绿色的生命，何处再寻？

那无数的闪耀的叶片？——三两片

在那长满苔藓的榆树上；三两片在那光秃秃的梣树上

还有一片在风中震颤，在那老橡树上！

何处去寻那永生的森林精灵？——

置身柏树和黑杉林的萧索凄清

或是忍受冬日的幽暗与寒凛

去看看那静谧的冬青，四季长青。

松鼠为自己的库存沾沾自喜，

蚂蚁的谷仓也装满了成熟的谷物，

蜜蜂也已储存就绪

夏日的甜蜜涌动在它们的每一个细胞里；

而燕群已飞过了海洋；

---

1 古希腊神话里冥界的王后，是众神王宙斯和农业女神德墨忒尔的女儿，被冥王
哈迪斯绑架到冥界结婚，成为冥后。

这里只剩下秋日的忧郁气息，
她一面流泪一面叹气
平原没有阳光，只剩暗影。

她，形单影只，
孤坐在满是青苔的岩石，
回忆着逝去的一切
玫瑰园里徒留残叶，
整个世界都在凋零，
像一幅朦胧的旧画
在心中一处荒芜的秘境，思考
最后一丝生机会由谁窃取
灰烬之上，又落灰烬。

去她身旁坐下乘凉吧
在她无精打采的发丝下：
她戴着褪色的花冠
眼前出现一张关心的脸；——
四处是萧瑟与枯奄
她感到，凄凉阴郁至极；

无数悲伤心绪涌上心头，

如果只为凋零的玫瑰心伤，那么要如何祭奠

美的逝去，——她曾生机盎然地绽放

在阳光下有着璀璨的面庞：

这世界已无法承载更多的悲殇

累累的苦果，——

冰冷地落在她怀里；

恐惧，阴暗，绝望，

将她的灵魂永囚于阴云！

——托马斯·胡德

10月17日　音乐家西贝柳斯坚持认为，树木能够和他说话。此刻站在风中的云杉旁，我相信了他的话。云杉为风中自己的针叶叹息，低声诉说着对落叶林的羡慕，因为落叶后的树光秃秃的，很少受风的影响。

为什么树会落叶？因为冬天的光照太少了，不值得落叶林精心装扮，待到春天再说吧。每个水手都知道，强风中须要降帆。树液消退，叶绿素分解，凸显出黄色和橙色色素。

悬铃木的种子就像有翅膀，可以传播到很远的地方。

10月18日　下午4点。空气清新干燥；知更鸟的歌声响起，音色优美，冰亮清澈。

量了量蜘蛛网，足有18英寸宽。

鸽子从一片树林飞到另一片树林，落在橡树上，像一群虱子。或许有一百来只？维多利亚时代的博物学家W. H. 赫德森在《自然》杂志上写道，他曾看到过一群班委林哥，"至少有两三千只"，它们出现在新式农田里，而我们的害虫减少了。鸽子扇动翅膀的声音像是金属薄片的震颤。

一只母雉鸡偷偷盯着我，但我没有威胁到她，我迷失在秋林中，四处弥漫着高教会派的焚香味道。暗淡的秋日气息——泥土、木头、腐朽、发酵——让人不由得沉思。

腐朽的气息是美妙的，又是致命的。这是一年的尽头。

谁愿意错过10月的英格兰呢？

10月19日　枯老的桦树变成灰绿色，像是维多利亚时期病恹恹的女演员。我估计至少有半数的橡子掉落（今年收成不算多），变得干瘪。橡子是褐色的，但叶柄遮盖处是黄色的。在好的年景里，橡子的收成十分惊人；哺乳动物和鸟类会帮助橡树种的传播——这是橡树繁茂的一个重要原因。松鸦进食橡果后在山楂树上排泄，避开了其他牲畜的影响。山楂佑护着橡树的成长，让后者称为分布最广的林木。

下午6点半，雄狐在山鹬林狂嚎，我头顶还传来了老布朗的声音，但他藏在树冠里，我没看见。

星星就像天空中的银白火花。我坐在椅子上，看到一只刺猬，鼻子湿漉漉的，正吃着鼻涕虫。

10月20日　枯叶的褐色一天比一天浓郁，渐渐污朽。

黄华柳上还挂着几片树叶，很像骑兵长矛上的三角旗，被战场的风撕碎了。

三只知更鸟在自己的领地高歌；一只五子雀在叉骨橡树

的裂缝里找到一颗小橡果，啄开一个洞吃了起来。

我还看见池塘边有一只翠鸟，我更多地观察了这只鸟的行为，而不是它的颜色或外形；它从远处河岸的栖木上飞下，从水中猎取食物，又回到栖息处，然后恢复静默。树下十分黑暗，不是因为树叶浓密，而是因为桤树、柳树和榛树的树枝斜倾在水面上。

我坐在椅子上：在这片古老的英格兰土地上，左边是挪威云杉，右边是落叶林。松鼠在一旁吱吱咯咯地叫，随即"嗖"地穿过高高的树枝，像一道灰色闪电。

一只黑色小甲虫四处乱窜。（甲虫在撒克逊语中是"bitela"，意为"苦涩"，指的是这种生物的辛辣口感。）我决定去找找甲虫。

10月21日　暴风雨在夜间降临。天气预报员为这次暴风取了一个邻家女孩的名字，好像是凯蒂之类的，但事实上她一点不温柔。今早，站在山鹬林低处潮湿的山毛榉林间，仿佛是一场巨大的数学捡棍游戏。林地一片混乱，到处都是吹掉的树枝和吹倒的树干。在倒下的树中，有一棵山毛榉，是我每天路过时都会抚摸的。

应该是抚摸"过"。因为只存在于回忆中了。

我透过杂乱的枝叶，从缝隙间抬头看——在我看来，这位凯蒂才是真正的森林皇后——她离开了。树林的顶端有个洞。我的生活也像破了一个洞。

10月23日　落叶纷纷。因为附近没人看，于是我像孩子一样撒欢儿到处跑，试图抓住空中的落叶。我之前也常常这么跑，在我的孩子还小的时候。朴实的快乐。

10月24日　一小群红翼鸫来到山鹬林旁的草地上。它们的叫声，像是在敲响夏天的丧钟。

落叶松中传来金冠戴菊尖细的叫声。

晚上，我用手电筒检查猪圈，头顶飞过一群寒带鸫鸟，它们平稳地向南飞行。夏季，禽类迁徙到这里是为了摄取肉类，而冬季的迁徙主要是为了植物果实。

最后，我在山鹬林尝试搜捕一些甲虫，（悄悄地）翻遍了每一根原木，和树上的每一个洞，我花了20分钟找到一只紫衣磕头甲虫（*Limoniscus violaceus*）、一只红衣磕头甲虫（*Ampedus nigerrimus*）、一只锈色磕头甲虫（*Elater ferrugineus*），还有一只伪磕头甲虫（*Eucnemis capucina*），以及一只钻木象鼻虫（*Dryophthorus corticalis*）。

10月25日　约有三分之一的叶子变色了。落叶量几乎和树上的叶子数量相同。站在海棠树下，犹如置身于金殿之中。

树叶落下时会发出噼啪声，橡子落下时发出的则是砰砰声。

我坐在椅子上，感到一阵电击——原来是桦树上有三朵毒蝇蕈。刚刚我的靴子碰落了一朵；毒蝇蕈的下部看起来很诱人，像是精致的奶油；上面也很诱人，泛着奢华的猩红，像一层浓厚的糖霜。一切都在对苍蝇说"吃了我吧"。

事实上，维京勇士在参战前会吃少量的毒蝇蕈补充能量。这类蘑菇中含有一种致幻的毒碱，会影响生物的神经系统，食用后可以抑制和消除恐惧感，令产生错觉的挪威人变得更勇敢。维京人之所以能够占领英格兰的半数领土，是因为他们疯狂地滥用药物。

10月26日　第一只田鸫到了，像是初来乍到的游客，四处张望。

红叶林中，花楸树的叶子在飘动、闪烁、燃烧。

池塘上飘着树叶，乍一看以为是铃兰。

山鹬林中，桦树优雅地谢去，鸫鸟在山楂树上寻找鲜艳的浆果。

近几天都颇为凉爽，地面的水分蒸发速度很慢，否则雾气会很重，延绵不断。

唉，这就是凄清的秋日树林。

10月28日　冬天来了。这一天，一切都变了。动物、树木和其他植物的动作和心情也变了。仅仅是往窗外看一眼都觉得冷。

星期六，湿漉漉的小路上只能听见马车发出的咔哒声。

现在，山鹬林约有半数树叶已经落下，三天前只有三分之一而已。

或许是天气太冷，冷得叶子也松散了。叶柄上形成了一层分离区，春天生长的嫩枝渐渐分化和脱离。落叶是腐殖质的重要成分。

我继续收集柴火。或许这就是人类标记寒流到来的方式。从这本日记第一行字开始，我几乎记载了一整年的生活。

10 月 29 日　多云的夜。叶冠下一片昏黑。

在这样的夜晚，当视觉失灵时，老布朗通过声音来定位猎物。猫头鹰的耳朵非常灵敏。

猫头鹰头骨两侧的耳朵是不对称的，一只耳朵比另一只高出 15 度，有时一只耳朵会更大。

外耳的不对称意味着，每只耳朵接收声音的音量和角度都略有不同，这使得猫头鹰能够精确定位声音的来源。而且，它们耳朵前还有一块皮肤，可以通过控制这块皮肤来捕捉声音，就像绅士会用手捂着耳朵一样。事实上，猫头鹰圆盘状的面部还起到了放大器的作用。

当有猫头鹰在附近，夜色对于别的动物是很危险的。（在我听来）树林已经陷入沉睡，但老布朗仍可以听到树叶的飘动声，还有一只兔子在草地上蹦蹦跳跳。

几码外传来一声尖叫，打破了夜晚的宁静。我和树林里所有的小动物都静止了，屏住呼吸，像在玩音乐椅游戏。

那是一种独特而高亢的哀号，住在树林的人一定不陌生。

一只兔子命殒于"暗夜猎手"。

10月30日 蝙蝠离开阁楼，转而栖息在溪谷腐烂的梣树中，那只蝙蝠剥落了梣树的表皮。有一次，我本着吉尔伯特·怀特[1]的自然观察精神，爬上树后，在蝙蝠冬眠的树洞里插了一把火炬。我以为蝙蝠这种伏翼属的动物都是很懒惰的；但相反，它们成群结队、摇摇晃晃地抬起头来，像一堵墙，足有一百张脸一同盯着我。这很神奇，但也让人有些发慌。

鲁伯特，我的边境猎犬，和我一起到树林里散步。

秋天的天空被冷蓝色的云穿透；我和鲁伯特在落叶堆里踢踢踏踏地走，十分享受。

蟾蜍的新陈代谢也在减缓。

---

1 Gilbert White（1720—1793）：英国博物学家、生态学家和鸟类学家。

很少看到单片的梣树叶落下，一般都是六七片一起。山楂树叶则是像金币一般哗啦啦地落下，名副其实的摇钱树。一把又一把的甜栗子也落在了地上。

甜栗原产于西亚，后被古希腊人引入南欧，又被罗马人带过海峡。尽管这种树已经在英国生根，但在英国长出的果实和果核都比欧洲大陆的更小。甜栗虽然叫这个名字（sweet chestnut），但与不可食用的马栗树（horse chestnut 或 conker tree）无关。由于甜栗的芒刺很多，乡下人称之为"小刺猬"。

甜栗的果实虽可以生吃，但这样吃有些浪费。生的果实非常硬实且不起眼，煮熟后却十分美味。

甜栗仁中超过三分之一的成分是碳水化合物，所以在南欧一些地区，人们把它作为淀粉的主要来源。意大利人会把甜栗仁煮熟，磨成面粉，做成栗粉粥、面包和蛋糕。想要做出栗子粉，须烤制和研磨。法国人则是把栗子做成了蜜饯——他们当然会这么做。在英国，栗子作为开胃小菜，被做成美味的馅料和栗子汤，是爱德华时代的经典乡村菜肴。对了，在明火上烤栗子的场景还散发着圣诞的气息，就像听到大教

堂响起唱诗班的《好国王温塞斯拉斯》、看到骑马的猎人和听
女王演讲一样。如果你没有明火，烤箱也可以。只需把甜栗
子放在烤盘上，以200℃烘烤。但是，无论你是在火上烤还是
在烤箱里烤（或是煮沸），你都必须在栗壳上开一个小的十字
裂缝，否则它们会爆炸。煮过之后，栗子苦涩的内皮也会更
容易脱落。

　　去南方捡栗子是个不错的主意。森林原本可以作为
村民的致富宝地，但他们竟对自己家后院的果实视而不
见。星期天早晨，住在城镇的人会乘公交、开汽车或骑
自行车到森林里，其中大多是男人。这像是一年一度的
仪式。这些人像松鼠一样在树林里乱闯，跪着、弯腰甚
至坐在已被雨雪冻得稀薄的树冠下，在落叶和果皮下面
觅食，往罐子和麻袋里装满毛茸茸的坚果，最后背着鼓
鼓的袋子蹒跚而行，看上去很努力，还有莫名的满足感。

　　　　　　　　　　　　　　——约翰·斯图尔特·科利斯

栗子酱

　　取自伊丽莎白·克雷格1936年记录在《烹饪画报》
和《家务管理》中的食谱。

栗子 900 克

黄油 50 克

蔬菜高汤

牛奶 75 毫升

盐和胡椒

精白砂糖

栗子顶部切掉，放在烤箱里烤 20 分钟。栗子去掉外皮和内皮，放进炖锅里，加入总量一半的黄油和蔬菜汤。铺上防油纸，盖上盖子，文火煮 45 分钟左右，直到栗子变软。炖好的栗子应当吸收尽所有汤汁。

煮熟后，用细筛子研细，与剩下的黄油和牛奶混合均匀。（你可能不需要用完所有的牛奶，这取决于栗蓉的状态。）用胡椒粉、少许盐和精白砂糖调味。重新加热后，可以搭配鹿肉一起食用。

如果不加胡椒粉，也可以卷在薄饼里食用，搭配香草冰激凌也行。

栗子汤（4 人份）

这是我最喜欢的甜栗食谱。

栗子675克

洋葱一颗，切碎

胡萝卜一根，切碎

黄油30克

迷迭香一束

鸡肉或者其他肉类高汤

稀奶油150ml

欧芹，切碎

在栗子末端切十字，放入平底锅加水煮2~3分钟。把锅端下，栗子放凉、去外皮，然后刮掉内层皮，放到一边备用。用黄油煎洋葱和胡萝卜，直至变软。

加入栗子和迷迭香，用中低温持续加热5分钟。倒入高汤，文火炖20~30分钟。汤汁熬煮得浓稠之后，倒入干净的炖锅，加入稀奶油。煮沸后调味，再撒上欧芹碎。

10月31日　　时间重置：从下周开始，地球自转将比现在的下午6点提前一小时。回家路上的车都亮着灯，路过的小屋，里面的电视屏幕也亮着。这一年已经过去了，不可否认。一整年就这么过去了。

对于山鹬林的树木也一样。

在时间的尽头，我收获的是自己的思考。静止是橡树的天性，飘荡则是红隼的天性。

一片叶子缓缓落下，仿佛落在一根线上。树枝上的飞蛾半开着翅膀，像是肩上披着一件米黄色的小外套。

动物在林地里搜寻榛子和一些残渣。我最敬佩松鼠，它们啃食坚果时，会用手一圈一圈地转动果壳。

阳光下，山楂果明亮诱人；云杉上落下硕大的褐色球果；枯萎的叶子和藤蔓上覆盖着厚厚的绿色苔藓，还有红宝石色和白色的浆果。

猫头鹰：墓志铭

那是什么。没有什么；

树叶终须坠落，坠落，沙沙作响；

仅此而已：

他们死了

树叶落下，

死在树下；

只能这样。

那是什么。没有什么。

那是什么。没有什么；

一只野兽在夜里受伤，

它在哭泣

在恐惧中，

直至倒下

死在树下；

只能这样。

那是什么。没有什么。

那是什么。啊！

一双看不见的脚，缓慢行进，

仅此而已：

一口棺材，摊开

带着浓烟，

此刻在树下；

只能这样。

是什么。没有什么。

——爱德华·埃尔加，1907年

November

11 月 走出树林

黄木耳——猫头鹰唾余——动物与时间赛跑——野苹果——橡果咖啡——山鹬——理查德·杰弗里斯论如何像业余偷猎者一般蹑脚行走——种植橡子——我的父亲——田鹬——我的最后一次林中散步

11月2日 下午3点。寒潮来袭，身心爽快，西面的烈日让人目眩。天气冷到能够看见呼吸的薄雾，公羊也气喘吁吁的。

秋天的气息：潮湿的林地，盈着猕猴桃般的绿意。山毛榉的树叶落在地上；落叶犹如铜币，又见摇钱树。脚下的橡树叶像褐色的薄煎饼，有着烟草的气息（这让我想起了抽烟的父亲，他曾在"二战"中服役于皇家海军）。

枯老的落叶：用潮湿的、无力的手握了握新落下的叶片。

榛树桩上长着黄木耳（这个名字描述了其外形），落叶松顶上有一只穿着黑色丧服的乌鸦。

　　欧洲甜樱是第一棵落尽叶子的树。树脚下有一粒猫头鹰唾余[1]，像是一个打翻的小柜子，装满骷髅和珍馐。我小心翼翼地用棍子撬开这颗小球，骨骼大都被体内的分泌物漂白了。灰林鸮的食物主要是田鼠、松鼠、林鼠、大甲虫、鸟和鼹鼠。（成年雌灰林鸮的体重超过430克，足以吞下幼兔。）这个小球里还包裹了一个惊喜——我在里面找到了一只蝾螈的头骨。《麦克白》里的女巫们肯定会喜欢。

　　11月5日　薄暮时分。

　　南边的地平线上，夕阳已经落下五月山。目光可及的风景，只余田地和树林。唉，要降温了吗？我沿着围场开拖拉机的时候缩成一团，趴在方向盘上。与路虎不同的是，弗格森是没有驾驶室的，但碰巧它便于用来工作；运输箱挂在拖拉机尾部，上面有一袋种猪的坚果饲料，我的拉布拉多犬站在上面，试图保持平衡。金属车盖十分冰冷，她没法坐下。

---

1 唾余：肉食鸟吐出的不消化物。

半月高悬，红隼今天最后的一次觅食地，是白天割下玉米后的茬堆。她的注意力被吸引住；定位，降落，凯旋而归。

候鸟来去，但红隼常在，仿佛是在告诉人们，乡野的气息永存。

11月6日　我去看了看丛生的冬青树，叶片光润而油亮，在明亮的森林中形成一片阴影，颇有几分祭坛的气氛。鸟儿和动物在与时间赛跑：争夺仅剩的冬青果、山楂、红蔷薇果、黑莓、橡子、山毛榉果。

11月7日　下午4:50。寒冷的空气，晴朗的天空，西边，一颗冰星悬在盖尔威村的上空。

在山鹬林山顶，我"不留心"绕了远路，穿过东边的荆棘、榛林、藤蔓，朝狐狸窝走去；我走到了一片新的林地，留意到畜栏里的一条对角线，那是兔子跑过的轨迹。

空中掠过三架飞机，是皇家空军红箭队。

池塘边，一只泽鸡潜水艇一般矫捷地潜入水中。

11月10日　前方传来老布朗的叫声。我有一块表，但现在不怎么用得上。因为老布朗会预告夜晚的来临。

树木向天空伸展，为了自由的空气。

11月12日　虽然我很宝贝这群猪，但一下子把所有的野苹果都给它们，似乎有点过于大方了，所以我拎了一袋子回家。

酸溜溜、小疤、四脚鸭、苦胆、蛀虫、破坏狂，听上去像是小妖怪的名字，但其实是我给野苹果取的名字。

野苹果树非常坚硬，多用于木雕，而果实可以制成果酱。也被用作惩罚妻子的工具：

　　树林里的野苹果酱

　　很适合用来给海蟹调味，

　　而一整片野苹果树林

对不听丈夫话的妻子很适用。

这种野苹果树（*Malus sylvestris*）原产于欧洲，现已有人工培植。

野苹果不同于人工栽培和其他野生苹果，它多刺，果实小（宽2厘米左右），叶子和花梗部分没有绒毛。

这种野苹果在英语中被称为"螃蟹果"（crab apple），是为了警告那些不小心咬食的人：会酸得咂嘴吐沫。在一些地方，用野苹果制成的果酒被称为"猪叫苹果酒"，因为品酒的人会不禁发出猪一样的尖叫。英语单词"crabby"也源自这一水果，引申义为"坏脾气"。在中世纪，野苹果的果汁被用来制作酸汁，就像现在用柠檬调味一样。

制作苹果酱时，你需要加糖。野苹果冻是最受欢迎的吃法，因为野苹果富含果胶，有助于成形。你也可以用野苹果制作别的食物；公元前55年，朱利叶斯·恺撒入侵英国时，他发现凯尔特人在发酵野苹果汁。后来，罗马人把这种饮料命名为"Sicera"（西西拉，即苹果酒）。

野苹果冻

早餐时可搭配烤面包食用，亦可搭配烤肉。以下配方可制作2～4千克果冻。

野苹果约4千克

砂糖约2千克

柠檬1颗

将野苹果洗净并切成四块，保留果核，因为果核含有大量果胶，能够使果冻凝固。把苹果放在一个厚实的平底锅里，锅里的水刚好能没过苹果。煮沸后，用文火炖至果肉软烂（约25～30分钟）。

将果肉倒进果冻袋——或双层薄纱里——滤滴入锅后，存放一夜。（有一个妙招，把凳子倒放，把袋子四角系在凳子腿上，下面放一个碗来接住苹果汁。）如果因为想快速获取果汁而挤压袋子，果冻会变得浑浊；但如果你不在乎果冻的成色，那就把果汁用力挤出来。

第二天早上，按500克糖兑1升果汁的比例，往果汁中加糖。再次倒入平底锅，加入柠檬汁煮沸，用木勺搅拌使糖溶解。清除表面浮渣后，沸水煮10分钟，放入温度计，达到105℃时，果冻就做好了。还有一个评判标准：提前在冰箱里冷藏一把布丁勺，往勺背上放少量

果冻。如果果冻能够凝固，就可以准备出锅了。如果仍
是液体，则需再次熬煮，重复测试。

　　当达到凝固状态时，将果冻取出，舀入灭菌处理过
的罐子里。用蜡纸封住，盖上盖子，存放在阴凉处。果
冻可以保存一年。想要提升果冻的风味，可以加入香料，
如鼠尾草和迷迭香。

　　野苹果冻的配方可以作为各类水果冻的基底，只要
混合果汁中的果胶充足，含有50%的野苹果，你可以添
加相应比例的其他任何水果：山楂、树莓、接骨木或黑莓。

　　11 月 13 日　11 月的风像是刀锋，削落树叶，露出了山
楂树上乌鸦的巢。鸟巢像在无声控诉，里面满是碾碎的山
楂核、枯败的残叶。唯有苔藓生机盎然，带着绿意和光泽，
一时间无人与其争艳，娇艳美丽，但不讨喜。（没有人喜欢
苔藓。）

　　去年看见这个鸟巢时，里面还满是蛋和雏鸟，我要如何
抹去那幅画面？

11月14日　低语的寒鸦，至少有90只。树林里只能看见橡树叶了；落叶松已变成金色。

我坐在椅子上，一只可爱的松鼠在我旁边吃橡子。松鼠如果不啃东西，牙齿就会变成象牙那样，成为装饰，再也没法吃东西。

橡子富含丹宁酸，人是不能生吃的，但在经济紧缩的时期，比如第二次世界大战时期，德国人曾把橡子烘烤研磨成粉，代替咖啡。

橡子咖啡

把橡子从果壳里取出，放入平底锅，沸水煮10分钟，以软化外皮。沥干，冷却，去皮，晾晒一两天。可以放在窗台或通风橱柜。晾好后放入烤箱的中层烤架，以120℃烤15分钟，烤至半焦后取出，研磨成粉。然后就可以像咖啡粉一样冲泡橡子咖啡，放入咖啡机或滤壶；每杯橡子咖啡需大约2茶匙橡子粉。橡子咖啡粉可以放入密封罐储存。

橡子咖啡的味道其实一点也不像咖啡，但仍是一种非常美味的饮料，有点像健康食品店里最受欢迎的大麦粉饮料。

在物资匮乏的年代，橡子是最有价值的坚果。根据罗马医生伽林的记载，公元2世纪，贫穷的乡下人会把橡子研磨成面粉食用。和橡子咖啡一样，首先要将橡子煮沸去皮，然后放入薄纱袋，在水中浸泡两周或更久，每周要换两次水。然后把橡子放在阳光充足的地方通风干燥（最好在室内，避免鸟类偷食），或放在烤箱里低温烘干。当橡子完全脱水，便将其磨碎，放入纸袋。和甜栗粉一样，橡子粉也须尽快食用，否则在橱柜里放不了多久就会发霉。

通常情况下，一棵橡树至少要生长40年才能结出橡子（根据植物学原理，橡子是橡树的果实），而且常见的橡树都是二年生植物。

11月15日　我前去树林寻找鹿的踪影。此刻，黄昏像淤泥一样漫入树林。我走入树林，经过桤木林、山毛榉林，进入云杉林。在这里，百年间的松针堆积，使地面变得松软而富有弹性。四周一片寂静。

乌拉尔山脉的风吹到山鹬林，没有减弱分毫，但在今晚，夜风是我的秘密拍档；因为它吹散了我的气味。冬日的橡树林里有五只黇鹿，它们十分饥饿，不得不靠硬实的荆棘叶果腹。我距它们不足50码。40码。30码，它们跑掉了。

11月16日　暴雨袭来，冲刷着地面的树叶。林地像是铺上了一层暗纹油毡布。

时间飞逝，光线渐暗。我沿着依稀可辨的蜿蜒小路，在暗淡的山毛榉、甜栗树、鹅耳枥之间穿梭。潮湿的落叶盖住一根树枝，不留心踩上去，啪的一声，响彻空阔的林地，吓得周围的鸽子呼啦啦地从树梢上飞起来。

树木光秃秃的。暴风雨剥落最后的几片叶子。20年来，我未曾见过如此摧枯拉朽的画面（上一次还是来自北欧的飓风）。树林在一天之内面目全非。

我的步伐快了起来，几乎是在小跑。透过左手边的树林缝隙，我瞥见一抹夕阳。

视线受限后，嗅觉就会增强。啊，秋天的气息扑面而来，腐朽，清香：腐烂的叶子和蘑菇，还有朽败的泥土。

　　我正绕着溪谷散步，寂静的山鹬林地面传来一声巨响。是搜捕鸟类的简易爆炸装置。我被吓得大叫了一声。幸运的是，在赫里福德郡这片人烟稀少的树林里，没人能听到我的尖叫。除非接骨木上的木耳听见我的呼喊，然后传声给树木。接骨木能听见我吗？

　　此刻的空气是温柔的。理查德·杰弗里斯在《业余偷猎者》(*The Amateur Poacher*)中写过一则蹑脚行走的专业技巧："要想做到步履轻柔，须先用脚感觉一下地面，再把身体的重量放上去，然后及时观察，绕开枯树枝或倒伏的铁杉。踩到枯枝和空心的铁杉，会发出碎裂声。

　　我能听到牛群在走动。牛蹄踩在树枝上，发出噼啪声，地面也传来沉重的、有节奏的震感。

　　另一边的橡树林中，四头母牛拖着沉重的脚步走到树林尽头。

　　牛是一种古老的动物，生于林野，归于尘土。

　　我则是森林的捕手。技巧娴熟：穿上外套，竖起衣领，遮住脸；弓起背，远远看起来不像人形；从地面爬到树梢。我保持轻浅的、平稳的呼吸；我拉下猎枪的保险栓，子弹蹿过树阴下喧嚣的牛群。

　　蹒跚的牛群头顶是一棵舒展而优雅的橡树，树上映着一只雉鸡的影子。

猎枪的尖锐声响击碎林间的静谧。

牛发出警报的叫声。灰林鸮也开始号叫。

雉鸡尾羽摇曳，头朝下坠地，像是一颗坠落地球的黑色彗星。

在一局定生死的牌局中，每个人都有自己的命运。一个月来。这只雉鸡一直栖息在同一根树枝上，而且每晚都往地面喷射白色的鸟粪。

我捡起雉鸡时，云层中出现一个缺口。

北极星光芒四射，明亮异常。

这是一部成人版的《布伦登·蔡斯》。这又有何不可？我为野生动物照看林地，它们为我提供一顿饭又有何不可？

11月17日　起风了，密密麻麻的落叶松，相互交错和摩擦，发出喀哒喀哒的声响。11月肯定会有暴风雨，就像4月会有阵雨一样。

秋季的树林：生机渐渐消失。在树林里，我们仿佛也见证了自己的衰老。

11 月 18 日　大自然里，橡树的播种主要依靠松鸦，但这片树林里没有松鸦，所以只好靠我来。效仿松鸦，我忙碌了一整个下午，用铁锹劈开泥土，扔下橡子。鸫鹩陪伴着我，在林间歌唱。

山上某个地方响起了白嘴鸦的叫声，传到了湿润的林地。秃鼻乌鸦也是橡子的播种者。它们会把橡子埋在离树1英里远的地方。

11 月 19 日　对于自然观察者，最困难的时节就是现在——像我这样无暇思考别的事情。（我留意到，橡树和榛树还算茂密，而榉树已经开始发芽了。）

所以，我们要搬家了，去另一个地方，赫里福德郡东侧的莱德伯里街。虽然只有20英里的距离，但对我们来说不是件小事，在眼前这片西部荒野山地，我们已经劳作生活了20余年了。此刻，新的生活在召唤，也意味着生活方式的迅即转变。其实那也算不上什么新的生活方式，我小时候就了解过……

　　我十分为我已故的父亲骄傲，他17岁就加入了皇家海军，为祖国而战。后来的很长一段时间里，他独自抚养我长大。

　　打包的过程中，我发现了他"橡树之心"养老金凭据。

　　1842年，在伦敦考文特花园的"掌中鸟"酒吧，经营养老金业务的"橡树之心"成立。很难找到比"橡树之心"更好的退役海军养老金运营公司。

在林中

苍翠的山毛榉，靛蓝的青松，

在同一片土壤，

根脉相连，难道不值得

在此驻足一天吗？

雨水飘零，淅淅沥沥，

为何要破坏这幅图景，

绿意浸染

水雾弥漫？

精神衰弱，心跳停止

城市压抑，

我来到林地

择巢而栖；
宁静森林，宛如梦境
将痛苦轻柔拂去
自然的惬意
再无喧嚣人群。

继续，走进林地，
或动或静，生机满溢
人们应该来到这里，睁开眼睛
看那并肩的战士！
梧桐和橡树，
细枝相牵，
藤蔓相连
榆树笔挺傲寒。

靠近一棵桦树，哦，不妙，
它会无情地刺痛你！
还有那勇敢的冬青，
身旁布满荆棘。
即使是不起眼的白杨

也犹如身在战场，

在腐朽中绝望

压抑而彷徨。

——托马斯·哈代

11月22日　它们趁夜色潜入。我听到了。

嚓咔——嚓咔——嚓咔。其实我一直在等待。晨光熹微，
我便到树林里去看它们。地面满是白灰色，山楂树上，它们
在掠夺、搜刮、抢劫。

田鸫。至少有30只。

和骤减的山靛一样，田鸫也预示着冬天的到来。

它们会在冬季从北方飞来英国。乔叟在《百鸟会议》中
将它们称作"冰霜使者田鸫"，因为它们的第一次出现，正
好与寒潮来袭的时间相吻合。（一些年长的本地居民仍然称
田鸫为"雪鸟"。他们认为一切都是天机，这是大自然完美
的谋划。）林中的山楂成熟了，像涂上了鲜润的口红，给鸟
儿们大胆的吻。

我无法理解的是，田鸫迁徙的目的地竟然是赫里福德郡

的一个小农场，这是一个大部分人都不知道的地方，鸟类又是怎么知道的？其实我并非执着于一个答案，或许我只是好奇。17世纪诗人托马斯·特拉赫恩认为，人类之所以脱离纯真，正是因为从信奉自然变为信奉理性。有些时候，比如今天，当我看着迁徙了一千多英里的鸟儿时，特拉赫恩《世纪冥想》（ *Centuries of Meditation* ）似乎应验了。

在冬天的激寒中，你最能感受到大自然的可怕，以及可爱。绮丽和蛮野似乎总是共生的，就像山楂和荆棘。冰雪刺骨，天空却像卡纳莱托的风景画一样蓝。阴阳的平衡。

田鸫没有丝毫畏惧。它们就像群居的画眉。林中有一只雀鹰，被刚刚清晨那番洗劫所吸引，在树林里巡视了一圈。他的脾气可不怎么好。田鸫好似机关枪，嚓咔——嚓咔——嚓咔！雀鹰不愿加入洗劫，灵机一动换了方向，越过山脚的牧场，朝着薄雾笼罩的珍珠海飞去。

不到两个小时，田鸫就将山楂树洗劫一空。它们喧喧嚷嚷，升入空中，然后飞走。田鸫的英文"fieldfare"在盎格鲁-撒克逊语中意为"田野旅行者"。我也要去旅行了，在属于我的一方田地。

下午6点，冰层开始在大地之上蔓延，光线迅速暗了下来。我还在砍柴，为了在寒冷中点燃火炉取暖。

山谷里有一只狐狸在叫，仿佛列那狐在火炉边聊天。时值年尾，狐狸的生命周期才刚刚开始。过了一会儿，我在牧场门前堆木头，一只小狐狸从我身边窜过，拱起身子扑向一只兔子；兔子的尖叫穿透夜色。狐狸身披火红的皮毛，傲慢地瞪了我一眼，随即跑回黑暗里。

兔子还在狐狸的嘴里嘶叫。突然间，这片荒凉林地变得分外寒冷。星空下，又见田鹬飞来。

11月24日　深入树林，越过一片片山毛榉林，地面逐渐干燥。雨靴下的细枝噼啪作响；在这个寂静的夜晚，即便像猫咪一样轻手轻脚，还是会发出声音。我穿梭在树林里，在阴影里，在月亮的光辉里。光影相间。前方跑过一只兔子，像一道闪电。

山鹬左摇右摆，呼啸而去，穿过月光下的山毛榉，完美的飞行能力帮助它们在几个世纪里成功躲避无数猎鹰和猎人。它们逃跑的时候，会发出撕纸一般的声音。

月光的照耀下，我从接骨木上摘下一排木耳，插在工装胸前的口袋里。没错，木耳炒鸡蛋是明天的早餐。

木耳是接骨木给我的一个吻。我忘了躲开，被一根树枝抽了脸。

璀璨的月光下，池塘也闪闪发光。

11 月 29 日　清晨，地平线上树木成行，像医院架子上整齐的标本。

池塘结冰了。寒霜拂落最后的残叶。

我最后一次穿过树林。和以往一样，溪谷的温度比山鹬林的其他地方低 1℃。

我抚摸着橡树，又和红杉友好击掌，还给了那只泽鸡一个飞吻。

居留树林的租期已满。我可能再也见不到这里了。没有我，树、鸟、狐狸、蝴蝶怎么办呢？日复一日，我用心记录着这一切。每一棵树，每一朵银莲花，每一只小猫头鹰，每一只小狐狸，每一只甲虫，每一朵蘑菇，还有每一颗浆果。我要如何开口和它们道别。

曾经，我以为这里的树和鸟属于我。

如今，我意识到自己属于它们。

林地藏书与音乐

Sources

林地书单

H. E. Bates, *Through the Woods*, 1936, reprinted 2010

BB (Denys Watkins-Pitchford), *Brendon Chase*, 1944, reprinted 2000

John Stewart Collis, *The Wood*, 1947, reprinted 2009

Roger Deakin, *Wildwood: A Journey Through Trees*, 2007

John Evelyn, *Sylva, or A Discourse of Forest-Trees and the Propagation of Timber*, 1662, new edn 2014

Richard Fortey, *The Wood for the Trees: The Long View of Nature from a Small Wood*, 2016

Geoffrey Grigson, *The Englishman's Flora*, 1975, reprinted 1996

Nick Groom, *The Seasons: An Elegy for the Passing of the Year*, 2013

Thomas Hardy, *The Woodlanders*, 1887

W. H. Hudson, *Hampshire Days*, 1903, reprinted 2016

Thomas Pakenham, *Meetings with Remarkable Trees*, 1996

Oliver Rackham, *The History of the Countryside*, 1986, illus. edn 2003

Jeffrey Radley, 'Holly as a Winter Feed', *The Agricultural History Review*, Vol. 9, No. 2, IX, 1961

Eric Simms, *Woodland Birds*, 1971

Martin Spray, 'Holly as a Fodder in England', *The Agricultural History Review*, Vol. 29, no. 2, 1981

David Streeter and Rosamond Richardson-Gerson, *Discovering Hedgerows*, 1982

Edward Thomas, 'The Maiden's Wood', in *Rest and Unrest*, 1910

——, *The Woodland Life*, 1897

Mike Toms, *Owls*, 2014

Colin Tudge, *The Secret Life of Trees*, illus. edn 2005

林地音乐

Foals, 'Birch Tree', 2015

Arnold Bax, November Woods, 1917

The Beatles, 'Norwegian Wood', 1965

Igor Stravinsky, 'Berceuse', from *The Firebird*, 1910

William Boyce and David Garrick, 'Heart of Oak', 1760

George Butterworth, The Banks of Green Willow, 1913

——, '*Loveliest of Trees*', from 'A Shropshire Lad', 1911

Editors, 'I Want a Forest', 2009

Edward Elgar, String Quartet in E minor, Op. 83, 1919

——, Quintet in A minor, Op., 84, 1918

——, Cello Concerto in E minor, Op. 85, 1919

——, Owls: An Epitaph, Op. 27, 1907

Keane, 'Somewhere Only We Know', 2004

Lindisfarne, *Dingly Dell*, 1972

Oasis, 'Songbird', 2002

Pink Floyd, 'Careful with That Axe, Eugene', 1969

Camille Saint-Saëns, '*Le Coucou au Fond des Bois*' ('The Cuckoo in the Depths of the Wood'), 1886

Pablo Casals, '*El Cant dels Ocells*' ('Song of the Birds'), 1961

Antonín Dvořák, *Waldesruhe* ('Silent Woods') for cello and orchestra, Op. 68, No. 5, 1894

Edvard Grieg, Lyric Pieces, Op. 43, No. 4, 'Little Bird' , 1886

Franz Liszt, Legende S.175 no. 1, St Francis of Assisi preaching to the birds, 1863

Monty Python, 'The Lumberjack Song' , 1975

Van Morrison, 'Redwood Tree' , 1972

Wolfgang Amadeus Mozart, '*Der Vogelfänger bin ich ja*' ('The Bird-catcher, that's me'), from *Die Zauberflöte* (*The Magic Flute*), 1791

George Perlman, 'A Birdling Sings' , from 'Ghetto Sketches' , 1931

Pulp, 'The Trees' , 2001

Radiohead, *King of Limbs*, 2011

Robert Schumann, '*Jäger auf der Lauer*' ('Hunters on the Lookout'), from *Waldszenen* (*Forest Scenes*), Op. 82, No. 2, 1850–51

——, '*Freundliche Landschaft*' ('Friendly Landscape'), from *Waldszenen* (*Forest Scenes*), Op. 82, No. 5, 1850–51

Jean Sibelius, 'The Aspen', no. 3, 'The Birch', no. 4, 'The Spruce', No. 5, from Op. 75, 'The Trees', 1914–19

Igor Stravinsky, 'Berceuse', from The Firebird, 1910

Trad., 'The Trees They Do Grow High'

——, 'The Willow Tree'

The Verve, 'Sonnet', from *Urban Hymns*, 1997

Paul Weller, 'Wild Wood', 1993

致　谢

Acknowledgements

感谢诸位的鼎力支持：朱利安·亚历山大、苏珊娜·韦德森、利齐·古德斯米特、黛博拉·亚当斯、索菲·克里斯托弗、艾拉·霍恩、尼克·海耶斯、贝西·凯利、杰拉尔丁·艾里森、凯特·萨马诺、乔希·本、本·克拉克、保拉·莱斯特、马克·赫奇斯、朱利安·比奇、弗雷达·刘易斯-斯坦普尔、特里斯·刘易斯-斯坦普尔、伊丽莎白·米切尔、特雷西·帕兰特、杰夫和苏·帕兰特，莱斯利·史密斯，大卫·希尔和环球出版社市场部的所有人。当然，最重要的是，感谢潘妮·刘易斯-斯坦普尔。

图书在版编目（CIP）数据

弓形锯，猫头鹰，坚强的橡树 /（英）约翰·刘易斯-斯坦普尔著；胡韵娇译 . -- 北京：北京联合出版公司，2021.5

ISBN 978-7-5596-3863-2

Ⅰ. ①弓… Ⅱ. ①约… ②胡… Ⅲ. ①散文集—英国—现代 Ⅳ. ①I561.65

中国版本图书馆CIP数据核字（2019）第295209号

北京市版权局著作权合同登记 图字：01-2020-5552

The Wood: The Life & Times of Cockshutt Wood
Copyright © John Lewis-Stempel 2018
Published in agreement with Lucas Alexander Whitley Ltd acting in conjunction with Intercontinental Literary Agency Ltd, through The Grayhawk Agency.

Simplified Chinese edition copyright © 2021 by Beijing United Publishing Co., Ltd.
All rights reserved.
本作品中文简体字版权由北京联合出版有限责任公司所有

弓形锯，猫头鹰，坚强的橡树

作　　者：[英] 约翰·刘易斯-斯坦普尔（John Lewis-Stempel）
译　　者：胡韵娇
出 品 人：赵红仕
出版监制：刘　凯　马春华
选题策划：联合低音
特约编辑：唐乃馨
责任编辑：周　杨
封面设计：周伟伟
内文排版：刘永坤

关注联合低音

北京联合出版公司出版
（北京市西城区德外大街83号楼9层　100088）
北京联合天畅文化传播公司发行
北京华联印刷有限公司印刷　新华书店经销
字数166千字　880毫米×1230毫米　1/32　10.5印张
2021年5月第1版　2021年5月第1次印刷
ISBN 978-7-5596-3863-2
定价：56.00元